KB096718

잘 나가는 영어 공부방의 비밀
(개정판)

잘 나가는 영어 공부방의 비밀 (개정판)

지은이 Mark

발 행 2019년 2월 13일
펴낸이 Mark
펴낸곳 JLEL
출판사등록 2014.07.15.(제2014-16호)
주 소 경기도 부천시 원미구 춘의동 202 춘의테크노파크2단지 202동 1306호
전 화 1670 - 8316
이메일 info@bookk.co.kr

ISBN 979-11-272-6224-2

www.bookk.co.kr

잘 나가는
영어공부방의 비밀
(개정판)

Mark

차례

프롤로그

비 교육 전공자이며 사회생활만 16년을 한 내가 아이들을 가르치는 일을 할 것이라고는 꿈도 꾸지 않았다. 또한, 아이를 키우는 아버지임에도 불구하고 아이의 교육에 대해서는 거의 신경 쓰지 않았음을 고백한다. 그런 내가 영어라는 과목으로 초등 아이들을 만 6년간 가르쳤다는 것은 나로선 실로 기적에 가까운 일이었으며 Jennie의 도움이 없었다면 나는 아마 여러 번 이 일을 접었을 것이다.

지금의 교육 환경과 크게 달라지진 않았지만, 내가 학창 시절 (중1 ~ 고3) 배워왔던 영어는 그저 대학을 가기 위한 수능시험용 영어 학습이었으며 대학을 다니며 취업을 위해 학원에서 배운 영어는 별다른 목표 없는 그저 스펙 쌓기만을 위한 영어 학습이었다. 하지만 학창 시절 그리 열심히 배워왔던 영어는 막상 사회에 나와 거의 사용할 일이 없었고 영어라는 언어는 어느덧 머릿속에서 서서히 사라지고 있었다.

그러던 어느 날 나는 정말 갑작스레 영어를 사용해야 할 일이 생기게 되었고 아무 준비 없이 해외 사업부 A/S 팀장이라는 역할을 맡게 되며 이제껏 알지 못한 다양한 것들을 경험하게 되었다. 특히 그중 가장 중요하다고 생각되는 것 중 하나는 영어를 통해 기존에 알지 못한 수많은 고급 정보들을 습득할 수 있었으며 그것으로 인해 나에게 더 많은 기회가 주어졌다는 것이다.

영어는 누구에게나 중요하다는 것을 다들 알고 있을 것이다. 특히 인터넷의 발달로 인해 전 세계가 하나로 이어지고 있는 지금 시점에서는 영어의 중요성이 더욱 더 강조되고 있다. 하지만 이런 중요한 영어를 배움에 있어 나의 학창시절부터 시작된 영어 학습 방법은 확실히 잘못되었다는 것을 나는 지난 6년간 영어 공부방을 운영하며 다시 한 번 깨닫게 되었다.

지금은 예전 (80~90년대) 영어 공부 환경과는 다르게 다양한 영어학습법과 더불어 그에 따른 교재들이 존재한다. 또한 요즘 같은 스마트 한 시대를 사는 우리들은 각자의 손에 하나씩 들려있는 스마트폰을 통해 언제든 영어를 배울 수 있는 환경이 조성되고 있다. 하지만 나를 비롯한 많은 사람은 오늘도 각종 검색 사이트에 '영어를 빨리 배우는 방법'을 검색하며 그에 대한 다양한 방법들을 Searching 하고 있다. 이에 대한 나의 의견을 조심스레 이야기하자면 사실 영어를 배움에 있어 가장 먼저 선행되어야 할 것은 영어를 빨리 배우는 방법을 찾는 것이 아닌 영어를 배워야 하는 이유를 아는 것과 더불어 그에 따른 꾸준한(Grit) 학습법이 먼저 진행되어야 한다 생각된다. 그러면 프롤로그를 통해 지난 6년간 초등 아이들에게 영어를 가르치며 경험한 것들을 이야기함과 더불어 이에 대한 더 자세한 이야기는 본론에서 좀 더 구체적으로 설명하도록 하겠다.

- 초등 영어 공부법 -

첫째 영어 학습은 내 아이 기준으로 시작해야 한다.

　내 아이가 옆집 아이보다 영어를 못 한다고 절대 조바심내지 말기를 바란다. 옆집 아이는 내 아이가 아니다. 비교 대상도 아니다. 내 아이를 다른 아이들과 비교할 시간에 온전히 내 아이에게만 집중하고 칭찬하며 격려해 주기를 당부한다.

둘째 아이가 다닐 영어 학원의 교재와 커리큘럼은 내 아이 기준에서 생각하고 판단하라.

　초등 아이가 영어 학원에 다니면서 계속 영어를 어려워한다면 그 학원의 교재는 어려운 것이다. 또한 다른 아이들은 잘 따라가는데 왜 유독 우리 아이만 영어를 어려워할까 생각하신다면 잘못된 생각이다. 그 이유는 바로 잘 따라가는 아이는 바로 내 아이가 아니기 때문이다. 학부모님 혹은 선생님들은 아이가 영어를 배움에 있어 공부를 어려워하는지 아니면 꾀를 부리는지 단번에 알 수 있다. 만약 아이가 꾀를 부린다면 그에 대한 훈계가 필요하겠지만 정말 영어를 어려워한다면 현재 아이가 다니는 영어 학원 교재의 단계를 낮추거나 혹은 아이를 다른 영어 학원으로 옮기는 것을 생각해 봐야 한다. 참고로 내 아이가 영어를 공부하기 싫어하는 이유는 영어가 어려운 것 이외에 수십 가지 다른 이유가 있으니 이에 대해 아이와 함께 진솔한 대화를 나누기를 당부한다. (그 수십 가지 이유 중 하나는 부모님의 양육 태도도 포함된다.) 아이의 영어 교재 단계를 낮춘다는 것은 창피한 것이 아니다. 내 아이의 수준에 맞게 교재의 단계를 낮춘다는 것이 왜 창피한 것인가? 온전히 내 아이에게만 집중하도록 하자.

셋째 초등 영어는 학습이 되어서는 안 된다.

초등 저학년 아이들이 영어를 배움에 있어 처음부터 학습적으로만 다가간다면 아이의 입장에서는 초등 1학년 아이에게 중학교 수준의 국어 교과서 지문을 보여주며 문제를 풀어보자는 것과 같은 느낌을 받을 수 있다. 그렇기 때문에 초등 저학년은 가랑비에 옷 젖듯 습득의 방법을 통해 영어를 배워야 하며 영어를 배운다는 것은 결국 아이들이 한국어를 말하며, 글을 읽고 쓰는 것과 같은 것이라는 것을 알려주는 과정이 필요하다. 이것은 곧 아이가 한글을 배우기 전 엄마, 아빠와 함께 재미있는 한글 그림책들을 보며 문자를 습득했던 것처럼 영어 또한 쉽고 재미있는 영어원서와 음원을 듣게 하는 것만으로도 영어 습득이 시작되는 것이며 책의 이야기를 통해 상상력과 창의력, 인내심, 삶을 살아가는 방법 또한 덤으로 터득할 수 있게 된다.

"아이가 알파벳도 쓰지 못하고 영어를 읽지도 못하는데 어떻게 영어책을 볼 수 있을까요?" 어머님들께서 이런 질문할 때마다 우리는 이렇게 이야기한다. 아이들이 어릴 적 (3~4살) 한글을 모름에도 불구하고 부모님들은 아이와 함께 책에 담긴 글과 그림을 보며 책의 내용에 대해 서로 이야기했던 경험이 있을 것이다. 또한 책을 본 아이들은 책의 내용을 생각하며 종이에 그림과 낙서를 시작하며 자발적으로 자신의 손가락 힘을 키우는 과정을 진행하게 된다. 더불어 부모님들은 이런 아이들의 행위를 칭찬하면 할수록 아이들이 책을 보는 권수가 더욱더 늘어날 것이며 낙서는 점점 글씨다운 면모로 변화하게 된다.

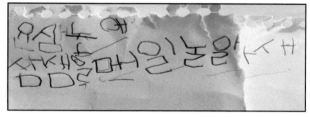

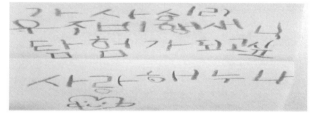

(4살, 5살, 6살 아이의 한글 글씨체)

　이 글에서 가장 중요한 핵심은 바로 책을 보는 아이들의 행위를 칭찬하는 방법이다. 우리 원의 아이들이 영어를 배움에 있어 종종 칭찬받을 일들을 하면 우리는 그에 대한 일들을 학부모님들에게 전달하거 다음날 아는 아이들에게 칭찬받았냐고 물어보면 아이들은 '아니요.'라고 이야기했다. 그래서 우리는 부모님들에게 관련 내용을 다시 여쭈어보니 부모님들은 아이들을 칭찬했다고 이야기했다. 물론 부모님들은 아이들을 칭찬했다. 하지만 아이들이 받아들이기에 부모님들의 칭찬은 칭찬이 아니라 생각할 수도 있다. 사실나 또한 아이들을 칭찬하는 것에 대해 매우 인색하였기에 나는 여러 교육 전문가들의 책과 유튜브(youtube) 영상을 통해 아이를 칭찬하는 방법을 다시 배우게 되었으며 이 책을 통해 다시 한 번 아이를 칭찬하는 방법을 알려드리고자 한다.

아이를 칭찬할 때는 아이를 쳐다보지 않고 '잘했어!'라고 단답형으로 이야기하기보단 자신의 눈을 아이의 눈높이에 맞추고 서로의 눈을 바라보며 사랑스러운 눈빛과 진심 어린 마음을 담아 무엇을 잘했는지 구체적으로 이야기하는 방법이 아이의 입장에서 정말 칭찬 받는구나 라는 느낌을 받을 수 있다고 한다. (더불어 나 또한 처음에는 이 방법이 참 어색하였지만 하면 할수록 칭찬하는 노하우가 쌓이게 되었다.) 여담이지만 후에 아이가 크면 클수록 아이들은 더는 엄마, 아빠를 안으려 하지 않는다는 지인들의 이야기를 들은 적이 있다.

한 가지 다른 예를 들어보자. 아이를 키우는 부모님들이시다면 다들 한 번씩은 경험하셨겠지만, 아직 걸음마도 시작하지 못한 아이가 계속 감기에 걸리고 고열에 시달릴 때마다 제발 더는 아프지 말고 건강하게만 자라길 바라던 때가 다들 한 번씩은 있었으리라 생각된다. 하지만 아이들이 유치원을 졸업하고 초등학교에 입학하면서부터 예전의 그 마음들은 온데간데없이 사라지고 왜 우리 아이들을 다른 아이들과 비교하며 경쟁하기 시작할까? 1972년부터 1991년까지 20년 가까이 국가 교육청장을 역임하며 핀란드의 교육개혁을 추진해왔던 전 핀란드 국가 교육청장 에르끼 아호(Erkki AhaAho) 는 이렇게 이야기했다.

"경쟁은 경쟁을 낳아 결국 유치원생들까지 경쟁의 소용돌이 속에 말려들게 할 것이다. 학교는 좋은 시민이 되기 위한 교양을 쌓는 과정이고, 경쟁은 좋은 시민이 된 다음의 일이다."

딱 지금 한국의 교육 현실이라 생각되는 건 비단 나만의 생각일까? 2009년 7월 12일 노벨상을 받은 미국 뉴욕 시립대학교 폴 크루그먼 교수는 뉴욕타임스에 기고한 칼럼에 이런 글을 남겼다. 이것은 '비전 상실 증후군(Boiled Frog Syndrome) (삶은 개구리 증후군)'이라고도 불리 우며 개구리를 냄비에 넣고 개구리가 살기 좋은 온도부터 서서히 물을 끓이면 개구리는 결국 삶아져 죽을 때까지 냄비 속에 있게 된다. 라는 내용이며 이것은 오랫동안 계속된 편안함에 안주해 현실 문제를 외면하고 목표 없이 살아가는 현상을 빗대어 이야기한 내용이다. 이 때문에 한국의 교육을 걱정하는 많은 교육학자들은 책, 강연, 인터넷, 유튜브(youtube) 등 다양한 소통 도구를 통해 기존의 한국 교육 방식은 잘못되었으며 이제는 바뀌어야 한다고 이야기한다.

개인적인 생각으로는 제4차 산업 혁명 시대가 시작되고 있는 지금 시점에서는 더욱더 교육개혁이 이루어져야 한다고 생각된다. 더군다나 요즘처럼 공교육이 무너진 상황에서는 더더욱 말이다. 이와 관련하여 한 가지 경험을 이야기하자면 예전 초등학교 3학년 아이가 우리 원을 등록한 적이 있었다. 그리고 어머님께서는 정확히 3개월 후 아이를 더는 우리 원에 보내지 않겠다고 통보하였다. 그래서 그 이유를 여쭈어보니 우리 아이 영어 시험이 100점이 나오지 않았다고 이야기했다.

하…….

물론 학부모님들의 입장에서는 아이가 좀 더 영어를 빨리 배웠으면 하는 마음을 백번, 천 번 이해한다. 혹시 토끼와 거북이라는 이솝우화의 이야기를 알고 있는가? 요즘 나는 아이들과 함께 토끼와 거북이 게임을 진행하고 있다. 게임을 시작하며 처음에는 내가 토끼 역할을 자처하며 게임의 주도자인 토끼가 되었고 아이들과 함께 게임을 진행하면서 아이들은 토끼인 나를 따라오는 속도가 거북이처럼 느리기에 나는 이솝우화에 등장하는 토끼처럼 나무 그늘에서 아이들(거북이들)을 한 명, 한 명 기다리고 있었다. 하지만 점점 시간이 지나자 아이들은 한 명, 한 명 나를 이기기 시작하며 서로 토끼가 되었고 다른 아이들(거북이들)은 토끼의 빠름을 부러워하며 투덜거리기 시작했지만 그래도 다행히 멈추지 않고 느릿느릿 꾸준히 토끼를 쫓아가고 있었다. 그러던 어느 날 토끼 한 명이 영어 원서를 읽다 말고 잠시 나무 그늘(우리 원에는 실제로 나무와 나무 밑에 편안히 쉴 수 있는 큰 방석이 있다.)에서 조금 쉬고 싶다고 이야기하여 나는 쉬고 싶은 만큼 푹 쉬라고 이야기하고 다시 거북이들과 함께 책을 읽고 있었다. (참고로 나는 아이들이 매일 원에서 진행하는 것(책 읽기, 북 레포트, 숙제 등)들을 아이들과 함께 진행하고 있다.)

　물론 이 과정에서 학부모님들은 어제 나무 그늘에서 쉰 아이는 오늘도, 내일도, 내일모레도 마냥 나무 그늘에서 쉬고 있지 않을까? 하고 걱정하시는 분들이 계시리라 생각한다. 왜냐하면 게임을 진행한 나조차 걱정했기 때문이다. 하지만 아이는 자신이 충분한 휴식을 취했다고 생각하면 거짓말처럼 다시 책상에 앉아 영어 원서를 읽고 북 레포트를 작성했다. 일 년간 이 게임을 진행하며 내가 경험한 바로는 나무 그늘에서 가장 오래 쉬던 아이는 길어야 10분 정도였다. 왜냐하면 아이는 나무 그늘에서는 아무것도 하지 않고 가만히 누워만 있어야만 하는 규칙이 있었기 때문이다. 때문에 뽀로로처럼 호기심 많은 아이들은 오랜 시간 나무 그늘에서 쉬는 것이 불가능했다.

영어를 배운다는 것은 49.195km 마라톤을 달리는 것과 같다. (아이의 학창시절 영어를 배우는 시간은 무려 10년이다) 때문에 마라톤 선수에게 스프린터 선수처럼 계속 달리라고만 한다면 그 선수는 과연 마라톤 코스를 끝까지 완주할 수 있을까? 더군다나 아직 그릇이 완성되지 않은 아기 토끼, 아기 거북이들이라면 더더욱 말이다. 나 또한 초등 아이를 키우는 학부모이기에 아이가 100M 달리기, 200M 달리기, 300M 달리기 등등 무수한 달리기 코스를 더욱더 빨리 완주했으면 하는 학부모님의 마음을 잘 알고 있다. 더군다나 경기를 주체하는 현재 한국 교육의 상황까지 말이다.

현재 마라톤 경기를 진행하는 아이들 중에는 달리기를 잘하는 아이, 중간만 하는 아이, 못 하는 아이들이 존재한다. 그럼 달리기를 잘하는 아이는 49.195km의 마라톤(10년의 영어 학습 기간)코스를 100M를 달리는 스프린터 선수처럼 마냥 달릴 수 있을까? 또한 열심히 달리는 아이가 갑자기 지칠 때가 온다면……? 그땐 그동안 열심히 달렸던 코스를 잠시 쉬게 할 것인가? 잠시 쉬는 동안 그 아이는 그동안 열심히 배워왔던 영어를 하나하나 망각의 늪에 던져놓을 것이 분명한데도 말이다. 이와 관련하여 요즘 초등, 중등, 고등 아이들의 교육과 관련된 사회 현상 중 하나인 토끼가 지치는 현상 즉 '키즈 번 아웃 증후군' 기사를 참조하시기를 당부하며 다음 글을 이어나가도록 하겠다.

요즘 기술의 발달을 누구보다 더 빨리 경험하고 있는 아이들은 이런 이야기를 한다. '요즘에는 슈퍼 거북이가 있어요. 그래서 거북이에게 로켓을 달면 앞서가는 토끼를 쉽게 이길 수 있어요' 과연 아이들의 말처럼 거북이들에게 로켓을 달아주면 거북이들이 토끼보다 더 빨리 갈 수 있을까? 물론 지금 한국 교육의 분위기를 본다면 아이들이 더욱 빨리 마라톤 코스를 완주해야 할 것 같은 불안감이 드는 것은 아이를 키우는 학부모님이시다면 당연하다 생각한다. 선의의 경쟁은 필요하다. 문제는 교육을 길게 보지 않고 바로 앞만 보며 과도하게 달리는 것일 뿐.

초등 아이들은 경쟁이라는 것을 배움에 있어 먼저 달리는 법, 천천히 걷는 법, 때론 쉬는 법을 배우며 스스로 완급조절을 하는 방법을 먼저 배워야 한다 생각한다. (사실 이 내용은 이미 많은 교육 관련 책에서 수십 번 언급한 내용이며 나는 책을 통한 간접 경험, 직접 경험을 통해 이 글을 쓰고 있다.) 만약 아이가 무작정 달리는 법만 알고 쉬는 법을 모른다면 후에 아이가 성장하였을 땐 과연 어떤 현상이 발생될까?

요즘 한국, 미국에서는 'Kidult', 'Adult Children', 'Snowflake Generation'이라는 신조어가 유행하고 있다.

Kidult : 어린 시절 어린이답게 즐겨야 했던 것을 못 했던 세대들이 현재 자신의 힘든 상황(스트레스)을 어린 시절 누리지 못한 장난감(어린이용품) 등으로 보상받으려 하는 심리를 통해 자신의 스트레스를 해소하는 성인들.

Adult Children : 맞벌이 부부 밑에서 태어나 또래보다 조숙하게 성장한 어른을 가리키는 신조어.
맞벌이 부모 밑에서 성장한 세대는 성적만 좋으면 어떤 행동을 해도 되는 학창 시절을 보낸 세대이며 성인이 된 후에도 주로 어린이들이 주로 즐기는 놀이를 즐기는 성향을 가지고 있음.

Snowflake Generation : I 세대, 스마트폰 세대라고도 불리 우며 비교적 반항적이지 않고, 관용적이지만 행복감을 느끼지 못하며 느리게 성장하는 세대. (약간만 힘을 줘도 쉽게 녹아내리는 눈송이 세대)

이와 더불어 요즘 청소년 세대(I 세대, Video 세대)들을 이해하는 데 있어 도움이 될 만한 책 한권을 추천하며 다음 글을 이어가도록 하겠다. ('i-Gen'-샌디에이고 주립대학교 진 트웬지 심리학교수)

이제 막 걸음마를 끝낸 아이들은 초등 6년의 시간 동안 걷는 법, 달리는 법, 쉬는 법을 배움으로써 자신만의 그릇을 완성해 나가는 과정을 배워야 하며 후에 아이가 스스로 할 수 있는 그릇이 완성되었을 때 아이는 좀 더 빨리 달릴 힘이 생기리라 생각된다. 혹시 아이를 양육하면서 내 아이의 그릇 혹은 내 아이의 성향에 대해 생각해 본 적이 있는가? 사실 나 또한 교육이라는 것을 시작하기 전 내 아이의 그릇, 성향을 잘 알지 못했다. 그도 그럴 것이 내 아이의 교육 자체에 크게 관여하지 않았으니 나에게 있어 아이의 그릇 키우기, 성향 파악하기 등은 저 우주 안드로메다의 일이 아니었겠는가? 하지만 지난 6년간 아이들을 가르치고 경험하며 느낀 것이 있다면 초등 아이들이 영어라는 언어를 배움에 있어 영어보다 먼저 선행되어야 할 것이 있었다. 그것은 바로 내 아이의 성향을 파악하고 그에 맞는 그릇을 키우는 것이다. 만약 내 아이가 남들보다 조금 더 빨리 영어를 배우기를 원하신다면 먼저 내 아이의 그릇을 키우고 아이의 성향을 파악하여 아이가 그에 맞는 활동을 할 수 있도록 지원하고 그 과정 안에서 아이를 칭찬하며 격려해주기를 당부한다.

"아이가 답이다."

이 이야기는 이미 수많은 교육 관련 책을 통해 수없이 언급된 내용이기에 이에 대한 글은 여기서 이만 마무리 하도록 하겠다. 공부방을 처음 시작할 무렵 나는 세계 최고의 언어학자 스티브 크라센 교수의 '읽기 혁명(The Power of Reading)'이란 책을 읽은 적이 있다.

'다독은 언어를 배우는 제일 최선의 방법이 아니라 유일한 방법이다'
'즐겁게 책을 읽을 때 노력하지 않아도 저절로 언어 실력이 는다.'
'책을 읽게 만드는 환경은 따로 있다.'
'아이들은 다른 사람이 책 읽는 모습을 보면 더 많이 읽는다.'

이 책은 아이들이 다독(Extensive Reading)이라는 방법을 통해 30년간 아이들이 영어를 습득하며 얻은 결과들과 더불어 과학적인 Data를 통해 학자들의 30년에 걸친 노하우들을 알려주고 있다. 자녀를 둔 학부모님들이라면 이미 우리 아이들이 한글을 익히는 과정을 경험하였을 것이며 책을 많이 읽은 아이일수록 별다른 한글 공부 없이 한글의 자음과 모음을 시작으로 어느 순간 단어를 쓰고 문장을 쓰는 것을 경험하며 사랑스러운 눈빛과 말투로 아이를 칭찬하고 격려했던 경험이 있으실 것이다. 더불어 쉽고 재미있는 영어 원서는 아이들이 영어를 습득하는 데 있어 전혀 부담을 갖지 않을뿐더러 자신이 흥미 있어 하는 내용의 책은 조금 어렵더라도 포기하지 않고 끝까지 보게 하는 마력을 가지고 있다. 이 이야기는 즉 재미있는 영어 원서를 통한 영어 공부는 아이들의 성향에 맞는 충분한 INPUT을 제공함과 동시에 책이 주는 놀라운 선물들을 경험하게 된다는 이야기이며 우리는 지난 7년간 아이들의 놀라운 선물들을 경험하며 이 책을 쓰게 되었다.

나는 이제 영어 공부방을 시작하려는 예비 선생님들 그리고 우리 아이들에게 영어라는 언어를 처음으로 알려주기 위해 아이들과 함께 여행을 준비 중인 학부모님들을 위해 이 책을 썼다. 이제 막 영어 공부방을 시작하려는 선생님들에게는 공부방을 시작하고 운영하면서 겪게 될 수많은 시행착오를 줄이게 하는 데 목적이 있으며 또한 아이들에게 영어를 가르침에 있어 아이에 성향에 맞는 영어 학습법을 알려드리려 한다. 학부모님들에게는 초등 아이들을 영어 학원에 보냄에 있어 좀 더 다양한 영어 학습법을 선택할 수 있도록 정보를 제공함에 초점을 두었다.

마지막으로 이 책을 빌려 학부모님들에게 한 가지 당부의 말씀을 드리고 싶은 것은 아이가 영어를 배우며 초등시절만이라도 영어를 배운다는 것은 즐겁고 재미있다는 것을 알려주기 당부한다. 왜냐하면 아이들이 영어를 배움에 있어 아이들을 위한 교육이 아닌 학부모님들을 위한 교육을 선택하는 순간 아이들은 영어를 멀리하고 포기하게 될 것이기 때문이다. (지난 6년간 수십 번 경험했다) 온전히 우리 아이들만 바라보고 아이를 위한 곳을 선택하길 당부한다. 왜냐하면 부모는 아이가 스스로 자신의 두 발로 세상을 향해 나아갈 수 있을 때까지 사랑해주고 응원해주며 격려해주어야 하는 존재이기 때문이다.

도전이 시작되다

　18년 차 직장인. 한해, 한해 나이는 점점 먹어가고 부하 직원들은 승진을 목표로 자신의 열정을 불사르고 있다. 출근 시간 서로의 안부를 물으며 반갑게 인사하지만, 각자 자기가 추구하는 바를 꼭꼭 숨긴 채 상사에게 잘 보이기 위해 애를 쓰는 모습이 역력하다. 과연 내가 이곳에서 몇 년을 버틸 수 있을까. 대부분 직장인이라면 한 번쯤은 이런 생각을 하게 마련이다. 그런 나에게 또다시 시련이 찾아왔다. 왜냐하면 해외 사업부에서 회사 장비를 수리할 A/S 직원이 필요하다며 국내 A/S 팀에서 일하고 있는 나에게 부서를 이동하라는 공문이 내려왔기 때문이다. 그리고 이내 영어라는 압박이 나를 어지럽게 만들었다. 대학 졸업 이후 영어와는 담을 쌓고 있었는데 영어권 사람들과 영어로 작성된 문서와 장비들을 보며 서로 대화하는 것이 가당키나 했겠는가. 해외 사업부는 갑작스러운 일에 당황하며 부서 이동을 고민하던 나를 기다리다 지쳤는지 인사부에서는 다음 달부터 부서를 이동하라는 인사공지가 내려졌고 이후 나는 생존을 위한 영어공부를 시작하였다.

"학창시절에 영어 많이 배웠지?"

"영어는 경험이야 하다 보면 다 늘어."

업무에 정신없는 나를 보며 상무가 농담을 날린다.

"아 네. 열심히 하겠습니다."

　대답은 했지만, 맘 같아서는……. 해외 사업부로 부서를 이동한 지 얼마 되지 않아 예상대로 일은 산더미처럼 쏟아지기 시작했다. 오전에는 각 해외 지사의 영어로 된 A/S 요청 메일을 읽고 확인하여 답 메일을 작성하고 일주일에 한 번 각 나라 해외지사 A/S 팀장들과 스카이프로 화상회의를 진행하며 예상되는 장비 문제들에 대한 답변 및 그에 대한 솔루션 제공, 기타 잡무들에 대한 회의를 진행하였다. 사실 창피한 이야기이지만 처음 해외 사업부 업무를 진행하면서 영어로 작성된 메일 내용의 반은 이해하지 못했고 화상회의에서 주고받는 이야기의 반 이상은 알아듣지 못했으며 각 나라에서 일하는 다양한 국적의 사람들이 이야기하는 질문에 대한 답변은 주로 짧은 영어 문장으로 이야기를 전달하였다. 여담이지만 매일 각 나라에서 온 메일들을 확인하며 느낀 점이 있다면 나라마다 영어 문장을 쓰는 스타일은 정말 제각각이었으며 그동안 학창 시절에 배워왔던 영어 문장들은 사실 실전에서 그리 큰 도움이 되지 못했다. 특히 메일 제목의 첫 문장 중 'IMPORTANT NOTICE!!!' 라는 문장을 보는 날이면 그날은 그냥 업무를 접어버리고 싶은 충동을 느꼈다. 매일 정신없이 하루하루를 보낸 지 어언 6개월이 지나자 나는 어느 정도 업무에 대해 요령이 생기기 시작했고 퇴근 시간 이후 사무실에서 영어 공부를 시작할 수 있게 되었다. 하지만 대한민국 중소기업을 다녀본 사람들은 다들 알 것이다. 법정 퇴근 시간이 6시로 정해져 있지만, 정시에 퇴근하는 사람들은 거의 없다는 것을…. (물론 지금은 많이 변했다는 이야기를 들었다) 때문에 다음날 업무에 지장이 없을 때까지 일하다 보면 저녁 8~9시, 1시간 영어공부, 집에 도착하면 11시~12시, 혹여 해외 출장이 잡혀 있는 날이면 출장 2~3일 전부터 회사에서 밤을 새우는 일은 다반사였다.

외국인들에게
영어공부 힌트를 얻다.

나와 함께 일하는 두 명의 부하직원은 다들 외국인들이었다. 한 명은 인도네시아, 다른 한 명은 캄보디아에서 온 친구들이었으며 다들 각 나라에서 나름 부유하게 살고 있었지만 아이러니하게도 두 친구 모두 한국에서 석사 학위를 받고 이곳에서 최저 임금을 받으며 일하고 있었다.

인도네시아 친구는 어느 정도 한국말로 대화가 가능했지만 캄보디아 친구는 한국말이 서툴러 주로 영어로 대화를 진행하였는데 가끔 팀원 2명과 함께 회의실에 모여 업무 회의를 진행하면 정말 답답함을 느꼈다. 왜냐하면 내가 한국말로 업무에 관해 이야기하면 한 명은 다 알아들었다고 이야기했지만 내 생각에는 업무 내용을 반 정도 이해한 느낌이고 다른 친구는 큰 눈을 멀뚱멀뚱할 뿐이었다. 내가 다시 영어로 업무에 관해 이야기하면 다들 어느 정도 이해하는 눈치였지만 두 친구의 표정으로 짐작하건대 업무 전달 이해도는 대략 60~70% 정도인 듯했다. 그래서 나는 두 친구의 업무 전달 이해도를 확인하고자 업무 지시에 대한 내용을 다시 브리핑해 보라고 이야기했더니 두 친구 모두 내가 어렵게 영어로 이야기한 업무 내용을 서로 다르게 이해하고 있었다. 때문에 나는 두 친구와 회의를 진행할 때마다 영어를 더 열심히 공부해야겠구나 하는 생각만 들었다.

영어 독해는 어느 정도 가능했지만 듣기와 말하기, 글쓰기 실력이 부족했던 나는 업무가 끝나고 아무도 없는 사무실에서 코피를 쏟아가며 열심히 공부하였고 어느덧 내 후임이 영어로 불만을 이야기하고 있다는 것을 알아듣게 되었다. 하루는 두 외국인 친구들과 함께 해외 출장을 가던 중 나는 두 친구에게 한국에 오게 된 계기 그리고 영어, 한글 공부를 어떻게 하고 있는지를 물어본 적이 있었다. 먼저 인도네시아에서 온 친구는 학교 정규과목인 영어를 한국 학교에서 배우는 것처럼 교육받고 여러 시험을 거쳐 영어를 배워왔다고 했으며 캄보디아에서 온 친구 또한 인도네시아의 교육환경과 비슷하게 학교에서 영어를 배우고 자기가 관심 있어 하는 정보통신 분야의 원서를 보며 영어 독해와 문법 그리고 자신이 관심 있어 하는 정보통신 분야를 공부했다고 한다. 또한 영어, 한국어 말하기 연습은 두 친구 모두 자기가 재미있어하는 미드, 한국 드라마를 보며 스스로 공부하였고 한글 문법은 한글 학원에서 조금씩 공부하고 있다고 했다.

두 친구 모두 한글, 영어 공부 방식에 대해 조금은 서로 다른 의견을 내놓았지만, 그 중 공통적인 의견으로는 자신이 흥미 있어 하는 것으로 시작하라는 조언을 해 주었다. 특히 캄보디아 친구는 자기가 어릴 적 자신의 집에 영어원서 동화책들이 많이 있었고 동화책을 보며 영어와 좀 더 친숙해졌다고 이야기했다. 그러면서 나에게 영어원서로 영어를 공부해 보는 것은 어떠냐고 제안하였으며 마침 자신이 머무는 한국 집에 영어원서와 음원이 있으니 책을 보며 듣기, 쓰기, 말하기, 읽기를 연습해 보라 이야기했다. 해외 출장을 마치고 회사에서 다시 전쟁 같은 시간을 보내던 어느 날 캄보디아 친구가 나에게 영어원서와 음원 CD를 건네주며 'Break a leg'라고 이야기했다. 그래서 나는 그 친구에게 장난 하냐며 폭풍 잔소리를 해주었지만 알고 보니 그 뜻은 '행운을 빈다.'라는 뜻이었다는 것을 후에 인도네시아 친구가 이야기해 주었다. 아무튼 캄보디아 친구가 건 내준 영어 원서는 Anthony Browne 작가의

"My dad"라는 영어 동화책이었으며 책 내용은 한눈에 파악이 가능할 정도의 쉬운 영어 문장으로 구성된 책이었다.

"음 그래? 조언 고마워 나도 한번 해볼게."

　전쟁 같던 오후 업무 시간이 끝난 후 나는 머리를 식힐 겸 캄보디아 친구가 건 내준 영어원서를 보며 영어 문장의 한글 해석, 문법 분석, 음원 듣고 따라 말하기 등을 해 보았고 한글로 해석한 문장을 다시 영어 문장으로 적어 보니 나름대로 재미가 있었다. 그래서 다음날 캄보디아 친구에게 다른 쉬운 영어 원서 책을 구할 수 있냐고 물어봤더니 영어 원서는 인터넷 서점에서 구매할 수 있다 이야기하여 나는 바로 인터넷 서점 사이트를 확인하기 시작했다. 지금은 알라딘, 인터파크, YES24 등 유명 온라인 서점에서 자신의 Lexile 지수에 맞는 영어 원서를 쉽게 찾을 수 있지만 2010년만 하더라고 그런 건 존재하지도 않았기에 나는 온라인 서점에서 영어 원서를 일일이 확인하고 나름 쉬워 보이는 원서를 구매하여 책을 보고 음원 듣기를 시작했고 책에 등장하는 영어 문장을 한글로 해석하고 해석된 한글을 다시 영어 문장으로 구성하며 영어의 재미에 푹 빠지게 되었다.

　그러던 어느 날 우리 팀에 청천벽력 같은 일이 일어났다. 해외 A/S 부서 팀장이 상사와의 불화로 인해 갑자기 말도 없이 타 부서로 이동하게 되었으며 상무는 부서를 옮긴 지 이제 1년 남짓한 나에게 해외 A/S 팀장을 맡으라는 임무를 주었다. 또한 업무 인수인계라는 명목으로 단 이틀의 시간이 주어졌고 얼떨결에 팀장이라는 직함과 함께 아직 한국말을 잘하지 못하는 캄보디아 친구와 눈칫밥 5년 차인 인도네시아 친구 그리고 각 나라 40여 개국의 대리점을 떠맡게 되었다. 그 후 얼마 지나지 않아 일은 산더미같이 쏟아졌고 각 나라 대리점의 각종 클레임 E-mail과 업무 관련 화상 미팅, 그리고 줄줄이 잡혀있는 해외 출장 일정표가 나를 아찔하게 만들었다. 더불어 인원 보충의 약속은 회사의 경영 악화라는 핑계 아닌 핑계를 들며 시간을 끌었고 팀원 3명 중 2명이 해외 출장을 나가는 사이 한국 본사의 밀린 일들은 고스란히 해외 출장을 가지 않은 한 사람이 모든 일을 떠맡게 되었으며 얼마 지나지 않아 해외 A/S 사업부와 같이 일하는 해외 영업부, 무역 관리부 사원들이 하나둘 직장을 관두기 시작하자 부서는 난리가 나기 시작했다. 나는 더는 밀려드는 일을 감당하기 어렵다고 판단하고 그동안 같이 일한 두 외국인 친구들과 함께 많은 이야기를 나누며 10년간 다니던 회사를 떠나기로 마음먹었다. 그 후 회사는 나름대로 사정이 있었다는 것을 알게 되었고 그래도 회사에서 배운 것들이 나에게 많은 도움이 되었다 생각되기에 이 책의 지문을 빌어 회사의 많은 사람에게 감사하다는 이야기를 전하고 싶다.

나의 갑작스러운 사표 제출에 Jennie는 놀라는 기색이 역력했지만, 그간 회사에서 있었던 만행들을 잘 알기에 저녁 시간 맥주 한 잔과 함께 그동안의 노고를 위로하며 잠시 쉬면서 다른 일을 찾아보라고 이야기하였고 나는 지난 10년간 회사에 얽매여 있느라 평소 하지 못했던 여행, 아이들과 놀아주기 등을 하며 시간을 보내던 차에 우연히 Jennie의 대학교 동창 모임에 참석하게 되었다. 그러던 중 Jennie와 가장 친했던 대학 친구가 우리에게 다가와 반갑게 인사를 건네며 그동안 서로의 이야기보따리를 풀어내기 시작했다. 그 친구는 Jennie와 같은 영어 영문과를 졸업하고 나름대로 이름 있는 영어책 출판사에서 근무하였으며 후에 회사를 그만두고 서울에서 영어 도서관 사업을 하고 있다고 했다. 그러면서 혹시 영어 도서관에 관심 있으면 언제든 연락하라고 이야기하였고 우리는 훗날 다시 만날 것을 약속하며 각자의 집으로 향하였다. 그 당시 서울에서는 영어원서 읽기 붐이 일던 시기였지만 나는 영어 도서관이라는 것을 들어보지도 접해보지도 못했던 터라 그냥 그런 게 있나 보다 하고 대수롭지 않게 생각했다. 이후 나는 이곳저곳 이력서를 넣어보고 새벽에 아르바이트도 하며 바쁜 나날을 보내고 있었다. 그러던 어느 날 Jennie가 문득 영어도서관 이야기를 꺼냈다.

"우리 영어도서관 할까……? 인천에는 영어도서관도 많지 않고 영어 동화책으로 아이들에게 영어를 알려주는 것도 좋을 것 같아. 전에 모임에서 만난 친구가 지금 출산 때문에 영어 도서관을 접게 되어 집에서 쉬고 있는데 지금 서울에서는 영어 도서관이 아주 인기래 ."

"음 영어 도서관이라…. 괜찮긴 한데 내가 과연 아이들을 가르칠 수 있을까? 경험도 없고…."

"내가 있으니까 걱정하지 말고 지금부터 조금씩 준비하자!"

Jennie는 영어 영문학과를 졸업하고 대학원에서 TESOL 자격증을 취득하여 줄곧 초, 중, 고등학교에서 영어를 가르치는 선생님이었으며 육아를 위해 잠시 학교를 쉬다 다시 영어 방과 후 선생님으로 일하고 있었다. 그러던 어느 날 Jennie가 일주일 동안 영어 방과 후 보조교사를 해달라는 부탁을 하여 나는 Jennie가 일하고 있는 초등학교를 방문하게 되었다.

방과 후 수업은 학교 정규 수업이 일찍 끝나는 저학년부터 시작되었고 수업이 시작되자 어느덧 빈 교실은 학생들로 가득 차게 되었다. 나는 교실 뒤에서 수업 전 Jennie가 이야기한 대로 충실히 보조 교사 임무를 수행하며 아이들의 모습을 지켜보았다. 초등 저학년은 선생님의 말씀이 세상의 법 인양 초롱초롱한 눈빛으로 선생님의 말씀을 귀담아들었고 때론 엉뚱한 질문을 하며 우리를 미소 짓게 하였으며 초등 3~4학년 아이들은 저학년 아이들과는 달리 각자 다양한 성향들을 표출하며 Jennie와 나를 당황스럽게 또는 재미있게 하였다. 하지만 초등 5~6학년 아이들은 그동안 내가 생각했던 초등학생들의 이미지와는 다르게 거친 말과 행동을 표출하였고 나는 마음속으로 '이것들이…….' 를 수십 번 외치고 있었다.

사실 나는 수업 전 80년대 순수하고 아무것도 모르는 철부지 초등학생들의 이미지를 상상했었지만 30년이 지난 지금 세상이 변했고 초등학생 아이들도 변했다는 것을 인지하지 못한 것이다. 한참 영어 방과 후 수업에 적응하고 있던 어느 날 서울에서 영어도서관을 운영하던 Jennie 친구가 만나자는 연락을 하여 우리는 주말에 시간을 내어 약속장소에 도착했다. 서울에서 비교적 한적한 패밀리 레스토랑에서 만난 우리들은 지난 3년간 영어도서관을 운영하며 경험했던 친구의 여러 노하우, 각종 자료들을 보며 영어책을 읽는 것이 아이들의 영어공부에 얼마나 많은 도움이 되는지에 대해 서로 이야기를 나누기 시작했으며 그 중 영어 원서를 통한 모국어 습득 방식의 영어 공부법은 나에게 있어 신선한 충격으로 다가왔다.

영어 원서를 통한 영어 공부법의 개요는 이렇다. 부모님들은 아이가 태어나기 전 엄마의 배 속에 있을 때부터 아이들에게 많은 이야기를 들려주며 배 속의 아이와 교감을 시작한다 아이가 태어나면서부터 부모님들은 아이들에게 많은 이야기를 들려줌과 동시에 아이가 조금씩 자신의 눈을 통해 세상을 보는 것에 관심을 가질 무렵 먼저 책을 통해 아이와 교감을 시작한다. 때문에 아이는 눈과 귀를 통해 주변의 수많은 환경을 INPUT으로 받아들이고 3살 무렵에는 따로 말하기 공부를 시키지 않아도 "엄마, 아빠, 까까"란 한글 단어를 시작으로 자기 생각을 짧은 단어로 표현하며 점차 시간이 지남에 따라 아이들은 자신의 의사 표현을 조금씩 문장으로 발전시켜 나간다.

이렇게 따로 한글을 배우지 않았음에도 불구하고 아이들이 한글 단어를 말하고 문장을 말할 수 있는 이유는 아이들은 부모님들이 말하는 것을 보며 수십 차례 듣고 따라 말하기 때문이다. 또한 부모님들은 아이들이 말을 함에 있어 잘못 발음한 단어나 문장을 수십 차례 교정시켜주며 아이들에게 다시 말하기를 유도한다. 참고로 아이가 2살 무렵 처음으로 '엄마, 아빠'를 이야기했을 때의 그 놀라움과 감동은 지금 생각해도 절로 흐뭇한 미소를 짓게 한다. 2~3살 무렵 아이들은 서로 다른 소리를 다른 단어로 구분할 수 있는 능력이 있다고 한다. 또한 이 시기의 아이들은 문장 전체를 각 단어로 구분하여 들을 수 있는 능력이 생기는 중요한 시기이기 때문에 부모님들은 아이와 끊임없는 대화(교감)를 통해 한글 어휘 능력을 길러주어야 하며 아이와 대화를 함에 있어 다양한 주제를 끊임없이 이야기할 수 있는 가장 훌륭한 도구는 바로 책의 이야기라 생각된다. 물론 아이와 함께 매일 책을 읽는다는 것은 부모님의 입장에서 매우 힘들다 생각되기에 스마트한 기기의 힘을 빌리는 것 또한 방법이라면 방법이라 할 수 있겠지만 스마트 기기의 부정적인 영향들도 분명 존재하니 두 가지 방법을 적절히 활용하기를 당부한다. 이후 4~5살이 될 무렵의 아이들은 주변의 다양한 INPUT들을 통해 이제껏 자신이 보고 느낀 것들을 낙서라는 이름으로 자신만의 생각들을 표현하려 하며 이때 부모님들은 아이들에게 낙서를 해야 할 공간들을 미리 알려주어야 한다.

아직 전두엽이 발달하지 않은 아이들은 글자를 이미지로 인식하여 구분하고 수많은 낙서를 통해 자신의 손가락 힘을 자발적으로 기르기 시작한다. 또한 낙서는 조금씩 발전의 단계를 거쳐 글이라는 형태로 변화하기 때문에 만약 아이가 책을 보고 고사리 같은 두 손으로 낙서를 시작한다면 부모님들은 이런 아이들의 행위를 칭찬하고 격려해주기를 당부한다. 왜냐하면 아이는 아이 스스로 생각을 하고 손가락의 힘을 기르며 전두엽을 강화하는 일을 자발적으로 진행하고 있기 때문이다. 또한 아이는 아이가 자랄수록 왕성한 호기심을 바탕으로 자신의 지적 호기심을 채우기 위해 이것저것 질문을 시작하려 하지만 아직 혀의 근육 발달 및 단어, 문장의 표현이 익숙하지 않은 아이들(3~4세)은 강아지를 궁금해 하며 혀 짧은소리로 이렇게 이야기한다.

"저기 메로 메로?"

그럼 부모님들은 강아지를 가리키며 아이에게 이렇게 이야기한다.

"저건 강아지야."

이때 아이들은 자신의 눈과 귀를 통해 강아지의 이미지와 더불어 엄마, 아빠가 발음하는 단어의 소리를 자신의 머릿속에 입력하는 INPUT의 과정을 거치며 아이는 지나가는 강아지를 볼 때마다 '강아지'라는 단어를 수십 번 발음하며 자신의 혀 근육을 자발적으로 강화하기 시작한다.

사람의 뇌는 이미지를 잘 기억한다. 이에 대한 한 가지 예를 들어보자. 어느 날 친구가 갑자기 나에게 '너 어제 뭐 했어?'라고 질문을 하는 순간 우리의 뇌는 어제 자신이 한 행동들 (24시간의 일들)을 먼저 이미지로 떠올리며 그것을 바탕으로 친구에게 이야기할 내용들을 정리, 표출의 단계(전두엽의 활용)를 거쳐 간략하게 이야기 한다. 이처럼 말을 한다는 것은 먼저 머릿속에 떠오른 이미지들을 말할 단어로 매칭하고 매칭 된 단어들을 문장으로 재조합하는 정리, 표출의 단계를 거쳐 진행되는 것이기에 이제 막 영어라는 언어를 배우는 아이들에게는 책(영어원서)을 통한 INPUT의 과정과 더불어 전두엽을 강화할 수 있는 독서가 가장 효율적이라 생각된다.

언어학자 에이브럼 놈 촘스키(Avram Noam Chomsky)는 이렇게 이야기한다.

"아기는 태어날 때부터 말을 배울 수 있는 언어습득 능력을 갖추고 태어난다."

이 이야기는 즉 아이는 자신이 태어나면서부터 스스로 말할 수 있는 능력을 이미 갖추고 있다는 이야기이며 만약 아이의 언어능력을 좀 더 빨리 키우고 싶으시다면 여러 교육 관련 서적들에서 이야기하는 것처럼 아이와 함께 책(특히 그림책)을 읽고 서로 교감하는 시간을 통해 아이의 어휘 능력을 키워주는 과정이 필요하다 생각된다. 물론 그 시간이 때론 즐겁기도 하고 힘들기도 하겠지만 어쩌겠는가…. 그것이 부모의 숙명인 것을. 결국 언어를 배운다는 것은 배움의 주체인 아이들이 자신의 눈과 귀를 통해 언어를 듣고 읽고 말하며 이해하는 과정이 수반되어야 한다는 것이다. 이렇듯 책을 많이 본 아이들은 따로 한글 공부를 시키지 않았음에도 불구하고 낙서를 시작으로 어느 순간 한글의 자음과 모음 그리고 한글 단어를 쓰며 말하기를 자발적으로 진행한다.

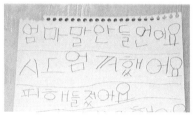

(4 ~ 6살 아이의 한글 글쓰기)

참고로 저 글을 쓴 아이는 글쓰기 학습을 전혀 진행하지 않았으며 책 읽기를 통해 자기 스스로 글 쓰는 법을 터득하였다.

공부방 준비

　Jennie의 친구와 영어 원서를 통한 영어 공부법에 대해 많은 이야기를 나눈 후 나의 머릿속엔 여러 생각이 자리 잡았다. 특히 나의 지난 중학교 1학년부터 시작된 영어 학습을 다시 한번 곰곰이 생각해 보니 그 시절의 영어 학습법은 일본의 암기식 영어와 문법 공부가 주를 이루었고 영어 단어와 발음기호는 무조건 외워야 했으며 영어를 사용하는 나라에서조차 거의 사용하지 않는 영어 문장들을 분석하며 각각의 품사에 맞는 영어 문장들을 배열하기 위해 그에 대한 공식들을 외워야 했던 80년대 영어공부 방식들이 떠올랐다.

　재미도 없는 교과서의 영어 문장들을 따라 하며 수없이 외쳤던 'Hi! 영희, Hi! 철수' (영희와 철수는 잘 지내고 있을까?) 한 달 후 우리는 동내에서 영어 도서관을 만들기로 하고 Jennie의 친구가 건네준 각종 자료를 보며 준비해야 할 것들을 하나하나 챙기기 시작했으며 교육에 대해 아무것도 모르던 나는 늦은 밤 아이들의 교육에 필요한 책과 강연을 들으며 하루하루 바쁜 날들을 보냈다. 마침 우리가 거주하는 지역 근처는 초등학교 5개, 중학교 2개, 고등학교 1개 등 다양한 학교들이 분포되어있어 영어도서관을 만들기에 더없이 좋은 장소라는 생각이 들었다. 때문에 우리는 여기저기 좋은 장소의 상가를 물색하였지만, 현실의 벽은 너무도 높았다. 학교 주변 일 층 상가의 월 임대료는 기본 100~150 정도였으며 비교적 후미진 곳의 상가 임대료도 월 70 정도의 가격대가 형성되어 있어 영어도서관을 만들고 최소 5개월은 버틸 수 있을 만큼의 예산 계획을 세웠던 우리로서는 상가를 임대하기에는 불가능하다고 판단되어 서로 이에 대한 의견을 나누며 고민한 끝에 아파트에 공부방 겸 영어 도서관을 만들기로 했다. 그 당시 아파트를 구매하기 위한 담보 대출 이자는 2~3% 정도였으며 그에 따른 대출 이자를 계산해 보니 대략 월 40만 정도의 이자만 지급하면 아파트 구매가 가능할 것 같았다.

그리하여 우리는 학교 주변 아파트를 물색하고 각 학교의 아이들 등, 하원 동선을 파악하여 적당한 위치의 아파트 1층을 계약했으며 영어 도서관을 만들기 위한 첫 번째 큰일을 해결하고 하니 해야 할 일은 더욱더 많아졌다.

프랜차이즈

 공부방을 준비하면서 처음부터 프랜차이즈를 염두 하진 않았지만 시장 조사 및 현재 영어교육 트렌드를 확인하기 위해 우리는 몇몇 영어 프랜차이즈 회사의 설명회를 다녀온 적이 있었다. 각각의 프랜차이즈 회사들은 그들만의 다양한 교육 시스템과 커리큘럼, 운영에 대한 다양한 경험들을 이야기하며 나도 할 수 있다는 희망을 불어넣어 주었으며 사실 몇몇 프랜차이즈 설명회를 참석하면서 처음부터 이것저것 생각할 필요 없이 그냥 프랜차이즈를 시작할까 하는 생각도 들었지만, 프랜차이즈 운영에 대한 여러 정보와 더불어 실제 프랜차이즈를 운영하는 몇몇 지인들의 이야기를 듣고 난 후 나는 그 생각을 잠시 접어두기로 했다.

 물론 프랜차이즈를 선택하면서 각 프랜차이즈의 경험과 노하우 그리고 시시각각 변화하는 교육 트렌드에 신속히 대처할 수 있는 네트워크는 분명히 장점이 될 수 있다. 하지만 완성된 교육이라는 프랜차이즈 시스템에 나를 맞추면 처음 내가 아이들을 가르치기 위해 배우고 경험하며 생각한 것들은 모두 무용지물이 되는 느낌이 들었다. 십수 년 동안 회사생활을 경험하며 느낀 점이 있다면 회사에서 나 자신은 존재하지 않았다. 처음에는 모든 것이 안정적이지만 점차 그 생활에 안주하고 발전하려 하지 않는 내 모습을 이미 수십 차례 경험하였기에 나는 프랜차이즈에 대한 생각을 과감히 접고 나만의 브랜드를 개척하기로 했다. 만약 예비 선생님들께서 프랜차이즈 오픈을 생각 중이시다면 프랜차이즈 설명회 참석과 더불어 해당 프랜차이즈를 운영하고 계신 분들의 경험담을 참조하여 결정하시기를 당부한다.

가정집이지만 도서관 분위기를 내기 위해 거실에 전면 책장과
아이들 전용 책상, 아이들이 앉기에 편한 의자들을 준비하였으며
아파트 베란다에는 아이들이 언제든 바깥 풍경을 구경할 수 있도
록 의자와 각종 식물을 배치했다. 아파트 1층 바깥 풍경은 마치
숲에 있는 듯한 느낌을 받을 수 있는 곳이어서 후에 이 공간은 아
이들에게 인기 만점의 장소가 되었다.

(공부방 내부)

(베란다 풍경)

(바깥풍경)

(내부 인테리어)

    공부방 내부 인테리어를 꾸밈에 있어 가장 많이 신경을 쓴 부분 중 하나는 바로 아이들의 심신 안정을 위한 다육식물들이었다. 아이들은 섬세하고 예민하기 때문에 어른들은 좀처럼 쉽게 확인할 수 없는 다육식물들의 미세한 성장을 매일 눈으로 확인하며 식물들과 교감을 하고 있다. 때문에 우리는 아이들과 함께 다육식물에 관해 이야기하며 너희들도 저 식물처럼 매일 조금씩 자라고 있다는 것을 말해 주는 것만으로도 아이들과의 충분한 교감이 이루어진다. (최근에는 물고기 니모, 세모, 네모도 들여놓았다) 공부방에서 아이들 공부만 가르치면 되지 뜬금없이 무슨 다육 식물 이야기냐 생각하실 수도 있겠지만 아이들은 선생님과 함께 다육 식물에 관해 이야기하는 것만으로도 관심 받는 느낌이 든다는 이야기를 했다. 때문에 나는 아이들에게 영어를 가르침에 있어 가장 먼저 선행되어야 할 것 중 하나는 바로 아이들과의 교감이란 생각이 든다.

(게시판)

공부방 한쪽 벽면은 모두 게시판으로 사용되고 있으며 어찌 보면 어지럽고, 정돈되지 않은 느낌이라 생각할 수도 있겠지만 이 게시판에는 우리의 교육 철학인 Ubuntu, Grit 정신이 담겨 있다.

최근 스타벅스 회장 하워드 슐츠는 졸업식 축사에서 우분투(Ubuntu) 정신을 성공의 키워드로 강조하였다.

"모든 비즈니스가 자신의 이익만 추구하는 경제적인 결정에 따라 이루어지는 건 아니다. 사업이든, 인생이든 최고의 성공은 다른 사람과 함께 나누는 것이 곧 성공이다."

"우분투(Ubuntu)"

I am because we are

우분투(Ubuntu)는 남아공의 건국이념으로 반투어에서 유래되었으며 우리는 아이들에게 영어와 더불어 우분투, Grit 정신을 알려주기 위해 노력하고 있다. '우분투(Ubuntu) 정신을 갖춘 사람은 마음이 열려 있고 다른 사람을 기꺼이 도우며 다른 사람의 생각을 인정할 줄 압니다. 그리고 다른 사람이 뛰어나고 유능하다고 해서 위기의식을 느끼지도 않습니다. 그것은 자신이 더 큰 집단에 속하는 일원일 뿐이며 다른 사람이 굴욕을 당하거나 홀대를 받을 때 자기도 마찬가지로 그런 일을 당하는 것과 같다는 점을 잘 알고 있기 때문입니다. 그런 점을 알기에 우분투(Ubuntu) 정신을 갖춘 사람은 굳은 자기 확신을 할 수가 있는 것입니다.'

인생에서 성공을 경험한 사람들 대부분은 한결같이 우분투(Ubuntu) 정신을 강조하며 아래와 같은 이야기를 했다.

'주는 만큼 받아야 한다는 생각을 버리고 아낌없이 주는 나무가 되어라.' - Microsoft 빌 게이츠

'더 많이 주는 방법을 배워라.' - '앞으로 10년, 돈의 배반이 시작된다.' 로버트 기요사키

'다른 사람을 도움으로써 궁극적으로 자기 자신을 돕는 것, 이것이 바로 캔버스 전략이다.' - '에고라는 적' 작가 라이언 홀리데이

'당신의 능력은 세상의 평가보다 더 높은 곳에 있다.' -'하워드의 선물' 하워드 스티븐슨

"Grit"

- Growth 성장

- Resilience 회복력

- Intrinsic Motivation 내재적 동기

- Tenacity 끈기

　펜실베이니아 대학교 심리학과 교수인 엔젤라 더크 워스는 자신이 직접 교육 현장을 몸소 체험하고 경험한 것들을 바탕으로 인간이 성공하는 요인은 재능보다는 끈기, 열정, 불굴의 의지, 노력이 더 중요하다는 것을 'Grit' 이란 책을 통해 이야기하고 있다.

'성공의 정의는 끝까지 해내는 힘이다. 성공할 거라고 예측되었던 사람들에게는 한 가지 공통된 특성이 있다. 그것은 좋은 지능도 아니고 외적인 조건도 아닌 바로 그릿(Grit) 즉, 열정의 끈기이다.'

이처럼 우리는 아이들에게 영어와 더불어 우분투(Ubuntu), Grit 정신을 알려주기 위해 게시판을 활용하였으며 게시판 구성에 대해 하나하나 이야기해 보도록 하겠다.

1) 신작 원서 배치

분기마다 원에 들어오는 신작 원서는 아이들의 눈에 잘 띄는 곳에 배치하여 아이들이 더욱더 책에 관심을 가질 수 있도록 하였으며 신작을 처음 보는 아이들에게는 책 속의 보물을 더 빨리 찾을 수 있도록 하였다.

(공부방 Rule)

2) 공부방 Rule

아이들이 보기 편한 장소에 원에서 지켜야 할 규칙, 각각의 학습에 따른 보상 게시판을 배치하여 아이들이 매일 원에서 해야 할 것들을 직접 눈으로 확인할 수 있도록 하였으며 아직 공부에 대한 내적 동기가 부족한 아이들은 학습에 대한 보상을 통해 공부에 대한 적절한 외적 동기를 이끌어 내었다. 더불어 아이들의 공부에 대한 동기가 외적 동기(보상)에만 치중되어 있다면 오랜 시간 아이를 이끌기 위해서는 계속된 외적 동기(보상)가 필요하다. 때문에 아이들이 공부를 하며 무엇보다 우선시 되어야 할 것은 바로 공부에 대한 내적 동기를 길러주는 것이 가장 중요하다고 생각되며 그 방법은 바로 모든 교육 관련 책에서 공통으로 이야기하는 칭찬과 격려라 생각된다. 이와 관련하여 한 가지 경험담을 이야기하자면 예전 내 친구는 자신이 대학을 감에 있어 부모님들과 한 가지 Deal을 한 적이 있었는데 그 Deal의 조건은 바로 자신이 원하는 차를 사 주는 것이었다.

3) Book Quiz 게시판

Book Quiz 현황(2017/4)		
Name	Total	Grade
Lisa	6	Good
Michelle	54	Gold
Julie	5	Good
Harry	2	Good
Steve	5	Good
Aleph	16	Good
Gold	2	Good
BELLA	100	Master
Crystal	56	Gold
Sarah	3	Good
Julia	18	Good
Ben	8	Good
Ian	2	Good
Gold	1	Good
Alex	2	Good
Jasmine	5	Good
Mason	3	Good
Juliet	3	Good

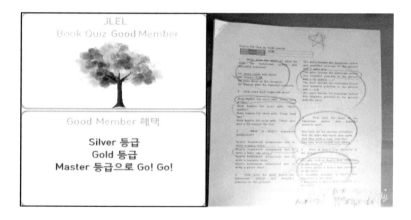

(Book Quiz 현황 게시판, Book Quiz Membership Card)

우리는 아이들이 영어 원서를 읽고 Book Quiz를 풀면 그에 맞는 외적 동기(학습 보상)를 부여할 수 있도록 Membership 제도를 만들었으며 Book Quiz 합격 카운트 게시판은 아이들의 눈에 잘 띄는 장소에 배치하여 자신들이 이제껏 진행한 Book Quiz 합격 결과를 쉽게 눈으로 확인할 수 있도록 하였다. 또한 Book Quiz는 아이들이 원할 때 스스로 문제를 풀 수 있도록 환경을 조성하였으며 몇몇 학부모님들은 이 방법에 대해 걱정의 목소리를 내기도 하셨지만, 걱정과는 달리 아이들은 북 퀴즈를 훌륭하게 풀어내었으며 한 아이는 Book Quiz 100개에 합격하여 Master 등급을 획득하기도 하였다. 물론 이 아이는 Book Quiz 100개에 합격하기 위해 적어도 20번 이상의 Book Quiz 불합격 소식을 들어야 했으며 한번은 Book Quiz를 풀다 말고 갑자기 문제지를 갈기갈기 찢어버린 적도 있었다. 그래서 나는 그 아이의 불합격 Book Quiz 문제지를 모조리 가져와 아이와 함께 문제지를 찢으며 스트레스를 풀어보자 제안하였고 함께 문제를 풀던 고학년 아이들은 그동안 자신들을 괴롭혀왔던 Book Quiz 문제지를 갈기갈기 찢으며 즐겁게 스트레스를 해소한 적이 있었다.

이와는 별개로 우리는 아이들이 영어를 배움에 있어 그 발화의 시기는 아이마다 각각 다르다는 것을 항상 학부모님들에게 이야기한다. 물론 학부모님들의 초초한 마음을 이해 못 하는 것은 아니지만 학부모님들만 초초해 한다고 모든 것이 해결될까? 때문에 우리는 아이가 영어를 배움에 있어 남들보다 조금이라도 더 빨리 성장할 방법들을 알려드리고자 매 분기 학부모 모임을 통해 교육관련 내용들을 전달했다.

4) Donation Box (기부 박스), Snack Box(간식 박스)

(기부 박스와 간식 박스)

게시판 한편에는 아이들의 달란트 기부로 후원 중인 아프리카 친구 니이미 주스틴 사진과 그동안 아이가 보낸 편지들을 배치하여 아이들에게 우리 원의 철학 중 하나인 우분투(Ubuntu) 정신을 되새길 수 있도록 하였다. 참고로 니이미 주스틴은 아이들의 투표로 선발되었으며 현재 아이들과 함께 4년째 후원을 이어가고 있다. 우리는 아이들이 원에서 해야 할 일을 진행 후 간식을 먹을 수 있도록 Snack Box를 준비하였으며 소소한 재미를 위해 아이들은 눈을 감고 간식을 고를 수 있도록 규칙을 정하였다.

5) 각종 영어 단어 이미지들

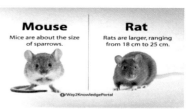

(각종 영어단어 이미지들)

초등 저학년 아이들은 영어의 글자를 이미지로 기억하는 경향이 있다. 이는 아직 전두엽이 발달하지 않는 아이들의 공통적인 현상이며 아이들은 책을 보는 행위를 통해 이미지로 기억된 글자들을 글자 자체로 인식하는 연습을 시작한다. 때문에 나는 아직 영어 글자에 익숙하지 않은 저학년 아이들을 위해 영어 단어와 더불어 그에 매칭 되는 이미지들이 담긴 사진들을 게시판 구석, 구석에 배치하여 아이들이 영어를 좀 더 편안히 받아들일 수 있도록 도움을 주었다.

책장 채우기

(3,000여 권의 책이 담긴 책장)

처음 영어 원서를 구매했을 땐 무조건 비싼 책이 좋은 책인 줄 알았을 정도로 나는 영어원서에 대해 잘 알지 못했으며 처음으로 구매한 영어 원서는 아이들이 보기에 수준도 높았고 책의 그림과 내용 또한 그리 흥미롭지 않았다. (5년이 지난 지금도 아이들은 내가 처음 구매한 영어 원서를 보지 않고 있다) 때문에 나는 Jennie 의 친구가 준 각종 자료를 보며 영어 원서의 종류 및 레벨을 공부하고, 인터넷 혹은 동네 도서관에 비치된 다양한 영어 원서를 접하며 아이들이 재미있어할 만한 책을 고르는 눈을 가지게 되었다. 만약 아이들을 위해 영어 원서를 구매하시려는 선생님, 학부모님들이 계신다면 아이들의 기준으로 책을 선택하시기를 당부한다. 왜냐하면 책을 보는 주체는 선생님, 학부모님들이 아닌 바로 아이들이기 때문이다.

영어 원서의 레벨은 미국 Meta Metrics 사의 Lexile 지수와 Renaissance Learning의 AR(Accelerated Reader) 지수가 대표적으로 사용되고 있다.

미국 Renaissance Learning 사에서 개발한 AR 지수 (Accelerated Reader)

- Judi Paul 여사가 1984년 처음으로 AR 지수를 출시하였으며 미국의 수만 개 초, 중, 고 교육 현장에서 사용 중 (독서 교육의 표준으로 공신력을 인정받음)

- 미국 40,000 이상의 학교에서 사용 중이며 국내 영어 국립 도서관, 학교, 일부 영어 학원 등에서 많은 사용이 이루어지고 있음

- 약 400개 이상의 논문 자료가 학습효과로 증명됨

미국 MetaMetrics 사에서 개발한 Lexile 지수

- 미국 노스캐롤라이나 더럼에 기반을 둔 연구 기관인 메타 메트릭스(Meta Metrics) 사에서 개발

- AR(Accelerated Reader)보다 역사는 짧지만, 미국 학교에서 선생님들을 중심으로 활발하게 사용되고 있음

- 미국 50개 주 이상의 교육 기관에서 사용되며 현재 가장 공신력 있는 지수로 평가됨

STAGES OF READING DEVELOPMENT	GRADE LEVEL	BASAL LEVEL	GUIDED READING LEVEL	READING RECOVERY LEVEL	DRA LEVEL	LEXILE LEVEL	AR LEVEL (ATOS)	LEXILE RANGES TO CCR
Emergent	K	Readiness Pre-Primer	A	1	A-2		0.2-0.4	N/A
			B	2	1-2		0.2-0.4	
			C	4	3		0.5-0.6	
			D	5			0.5-0.6	
				6	4		0.7-0.9	
Early	1	Pre-Primer Primer Grade 1	A	1	A-2	190L-530L	0.2-0.4	190L-530L
			B	2	1-2		0.2-0.4	
			C	3	3		0.5-0.6	
			D	5			0.5-0.6	
				6	4		0.7-0.9	
			E	7	6-8		0.7-0.9	
				8			0.7-0.9	
			F	9	10		0.7-0.9	
				10			1.0-1.2	
			G	11	12		1.0-1.2	
				12			1.3-1.5	
			H	13	14		1.3-1.5	
				14			1.6-1.9	
			I	15	16		1.6-1.9	
				16			2.0-2.4	
Fluent	2	Grade 2	E	7	6-8	420L-820L	0.7-0.9	420L-820L
				8			0.7-0.9	
			F	9	10		1.0-1.2	
				10			1.0-1.2	
			G	11	12		1.0-1.2	
				12			1.3-1.5	
			H	13	14		1.3-1.5	
				14			1.6-1.9	
			I	15	16		1.6-1.9	
				16			2.0-2.4	
			J	17	18-20		2.0-2.4	
				18			2.5-2.9	
			K	19	18-20		2.5-2.9	
				20			2.5-2.9	
			L	21	24-28		2.5-2.9	
			M	22	24-28		3.0-3.4	
			N		30		3.4-3.9	
	3	Grade 3	J		18-20	420L-820L	2.5-2.9	420L-820L
			K		18-20		2.5-2.9	
			L		24-28		2.5-2.9	
			M		24-28		2.5-2.9	
			N		30		3.0-3.4	
			O		34-38		3.4-3.9	
			P		34-38		4.0-4.4	
			Q		40		4.0-4.4	
	4	Grade 4	M		28	740L-1010L	2.5-2.9	740L-1010L
			N		30		3.0-3.4	
			O		34-38		3.4-3.9	
			P		34-38		4.0-4.4	
			Q		40		4.0-4.4	
			R		40		4.5-4.9	
			S		44-50		4.5-4.9	
			T		44-50		5.0-5.4	
	5	Grade 5	Q		40	740L-1010L	4.0-4.4	740L-1010L
			R		40		4.5-4.9	
			S		44-50		4.5-4.9	
			T		44-50		5.0-5.4	
			U		44-50		5.0-5.4	
			V		44-50		5.5-5.9	
	6	Grade 6	T		44-50	925L-1185L	5.0-5.4	925L-1185L
			U		44-50		5.5-5.9	
			V		44-50		5.5-5.9	
			W		60		6.0-6.4	
			X		60		6.0-6.4	
			Y		60		6.5-6.9	
			Z		70		6.5-6.9	
					80		7.0-7.5	

(미국 학년별 Lexile 지수 및 AR지수 도표)

아이들에게 영어 원서를 읽힘에 있어 어떠한 영어 독서 지수를 사용할지는 전적으로 선생님들의 선택에 달려 있다. 우리의 경우 영어 커리큘럼은 정독과 다독을 통한 영어 학습을 기본으로 하였고 다독의 경우 아이들이 자발적으로 책을 읽으며 Book Quiz, Book Report를 쓰는 방식을 생각하였기에 나는 독서 시스템을 구성하면서 상대적으로 예산이 적게 드는 Lexile 지수를 선택하였다. (Book Quiz 시스템 구축비용에 대해 구글링하면 바로 답이 나올 것이다) 또한, 상업적인 분위기의 AR 지수보다는 미국 학교 선생님들을 중심으로 구성된 Lexile 지수가 더욱 나의 마음을 움

직였다. 우리는 아이들이 좋아할 만한 책을 고르기 위해 여러 도서관을 방문하여 도서관에 비치된 다양한 영어원서들을 일일이 확인하고 인터넷 정보들을 활용하여 구매할 책들을 구매목록 리스트로 작성하였으며 책의 최종 구매는 온라인 서점(알라딘, 쑥쑥 몰, 동방 북스, 키즈 북 세종 등)을 활용하였다. 또한 구매한 책들은 Meta Metrics사의 Lexile 지수 확인 시스템을 사용하여 영어원서의 레벨을 분류하였다.

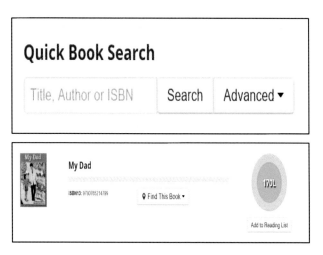

(Meta Metrics사의 Lexile 지수 레벨 확인 시스템)

영어 원서의 종류는 크게 3가지로 나뉜다.

- Picture Book

- Readers Book

- Chapter Book

- Picture Book -

- Readers Book -

- Chapter Book -

Picture Book은 글보다는 그림이 많이 삽입된 책이다. 때문에 얼핏 보면 쉽고, 유치하다 생각할 수도 있겠지만, 이 책은 아이들이 책을 봄에 있어 전혀 부담을 갖지 않을뿐더러 책에 등장하는 글과 그림을 통해 영어 단어와 문장의 의미를 자연스레 습득할 수 있으며 이를 통해 영어 단어, 문장의 유추 능력, 상상력, 창의력 등을 강화할 수 있는 장점이 있다. 때문에 아이들이 Picture Book을 좋아한다면 더욱더 칭찬해주기를 당부한다. 왜냐하면, 나는 제4차 산업 혁명을 주도할 아이들의 상상력과 창의력이 이 책을 통해 만들어질 것이 분명하다 믿기 때문이다. 파라마운트 애니메이션, 일루미네이션 엔터테인먼트, 월트디즈니, 드림웍스, 픽사의 한 해 매출은 매년 상상을 초월하고 있으며 각 영화사 매출의 원천은 바로 아이들의 기막힌 상상력과 창의력을 바탕으로 하고 있다.

Readers Book은 각종 영어 원서 출판사 기준으로 책의 레벨이 정해져 있으며 Lexile, AR 등의 영어 독서 지수 도움 없이 출판사 기준의 레벨을 통해 책을 선택하여 읽을 수 있으며 책마다 다양한 시리즈로 구성되어 있어 아이들은 자신의 취향에 맞는 책들을 연속적으로 읽을 수 있는 장점이 있다. 대표적인 Readers Book으로는 An I can read, Learn to Read, Scholastice, Hello Reader 시리즈 등이 있다.

Chapter Book은 그림보다는 영어 글 밥이 많이 있는 책이며 주로 고학년 아이들이 좋아할 만한 내용으로 구성되어 있다. 때문에 저학년 아이들보다 지적으로 성장한 고학년 아이들이 보기에 적당한 책이라 생각되며 대표적인 Chapter Book으로는 Magic Tree House, Junie B. Jones 등이 있다.

영어 원서 독서 지수 (Lexile, AR)는 영어권 아이들의 독서 능력을 수치화하여 만든 레벨이다. 때문에 EFL (English as a

Foreign Language) 환경인 한국에서 Lexile, AR 지수를 그대로 사용할 경우보다 신중함이 필요하다고 생각한다. 그 이유는 Lexile, AR 지수 기준은 바로 영어권 아이들의 모국어(영어)가 기반으로 되어있기 때문이다. 때문에 한국어를 모국어로 사용하는 아이들에게 있어 Lexile, AR 지수를 그대로 적용하는 것은 조금 무리가 있다고 생각되며 해당 레벨을 확인하면서 아이들의 한국어 독해력을 함께 측정하는 것이 필요하다고 생각된다. 영어 독서 지수(Lexile, AR)는 학부모님들에게 아이들의 학업 성취도를 보여줄 수 있는 학원의 강력한 무기 중 하나이다. 때문에 학부모님들은 매달 아이들의 Lexile, AR 지수 레벨을 확인하며 자신의 불안감을 해소하려 하지만 사실 이 레벨은 아이들이 영어 원서를 읽음에 있어 자신의 수준에 맞는 책을 찾을 수 있도록 가이드 역할을 하는 것이기에 나는 이 레벨에 대해 그리 민감할 필요는 없다고 생각된다. 중요한 것은 현재 아이들이 영어 원서를 통해 책에서 주는 즐거움을 만끽했는지 또는 책을 통해 자신의 지적 호기심이 충족되었는지를 확인하는 것이 가장 중요하다고 생각된다. 다시 한번 강조하지만 Lexile, AR 지수 레벨의 숫자들은 학부모님들을 위한 것이지 결코 아이들을 위한 것이 아니라는 것을 다시 한번 명심하길 당부한다. 우리는 초등 저학년 아이들에게는 주로 Five finger Rule을 사용하여 아이들이 자신의 레벨에 맞는 책을 직접 선택할 기회를 주며 초등 고학년 아이들에게는 자신의 Lexile 지수에 맞는 책을 직접 선택할 수 있도록 한다. 물론 아이가 책을 선택하면서 그에 대한 Lexile 지수는 절대적이지 않다. 그 말은 즉 아이는 그날그날의 컨디션에 따라 자신이 볼 책의 레벨을 스스로 선택할 수 있다는 이야기이며 중요한 것은 아이가 책의 내용을 이해하는 것으로 생각한다. 또한 이 과정에서 나의 개입은 최소한으로 작용한다.

The 5-finger rule

To find a good reading level, choose a book.
Open to any page. Read it. On your
hand, count the number of new words.

0-1 new words = too easy.

2-3 = This level is perfect!

4 = This is a "challenge" level.
It is a little difficult. But you can try it if the book
seems really interesting.

5 or more = Too difficult.
If a book is too difficult, you probably
won't enjoy it.

www.ERFoundation.org

Based on an idea from Hiebert & Reutzel,
Revisiting Silent Reading,
International Reading Association 2010

"The five finger rule. The five finger rule is a quick and easy way for child to check if a book is suitable to read on their own. Before they start, ask them to turn to a random page in the book and read it. For every word that they don't know, they should hold up a finger."

(Five Finger Rule – Google 발췌)

아이들에게 영어책을 읽히는 방법은 크게 두 가지로 나뉜다. 첫 번째 방법은 먼저 책에 등장하는 영어 단어와 문장들을 익힌 후 책의 내용을 파악하는 정독 방법과 아이들이 자신의 레벨(The 5-finger rule or Lexile)에 맞는 다양한 책들을 골라 스스로 책을 읽는 다독 방법이 있으며 나는 이 두 가지 방법 중 어느 방법이 더 효과적이라 정의하진 않겠다. 왜냐하면 아이들은 아이마다 다양한 성향을 가지고 있기 때문이다. 하지만 여기서 한 가지 말하고 싶은 것은 여러 교육 전문가들은 아이들이 책을 읽음에 있어 주입식의 교육 방법은 결코 오래가지 못하며 결과적으로 좋은 효과를 발휘하지 못한다고 이야기한다. 이 말은 즉 주입 적이고 강압적인 방법들은 단기간에 효과가 있을 수는 있겠지만 장기적으로는 큰 힘을 발휘하지 못한다는 이야기이다. 이와 관련하여 한 가지 경험을 이야기하자면 하루는 강압적이고 주입적인 방법으로 영어를 배워왔던 한 아이가 어머님과 함께 우리 공부방을 찾아왔다. 어머님은 상담 시간 내내 눈물을 흘리시며 현재 아이의 상태에 관해 이야기하셨고 아이는 멍한 표정으로 우리를 바라보고 있었다. 나는 먼저 아이의 상태를 확인하기 위해 그림을 그릴 수 있는 Level 1 북 레포트와 더불어 아이에게는 가장 쉬운 영어책을 권해주며 책을 보고 책에 나오는 영어 단어와 단어의 의미를 한글로 적을 수 있을 만큼만 적고 책에서 가장 인상 깊었던 장면을 그림으로 표현하라고 이야기한 후 다시 어머님과 상담을 이어갔다. 얼마 후 아이가 북 레포트를 다 완성했다고 이야기하여 아이가 작성한 북 레포트의 글과 그림을 확인하니 지금 이 아이는 학습무기력증에 빠져 있음을 단번에 알게 되었다. 왜냐하면 아이가 작성한 북 레포트의 영어 단어와 한글의 단어 의미는 단 1개만 작성되었고 아이가 그린 그림은 온통 빨간색으로 표현되었기 때문이다. 그 후 우리는 원에 등록한 이 아이를 위해 쉬운 영어 원서(Picture book)와 더불어 그림을 그릴 수 있는 가장 쉬운 단계의 북 레포트로 수업을 진행하였으며 영어 원서는 이 아이가 좋아하는 동물 그림책을 추천하였다. 3개월 후 학습 스트레스로 인해 그림을 온통 빨간색으로 표현한 이 아이의 북 레포트는 어느덧 알록달록한 색과 아기자기한 그림들로 채워졌으며 영어 단어와 한글의 의미를 적는 공간은 영어 단어들이 빼곡히 적혀 있었으며 공부방에 다닌 지 1년여 남짓 된 이 아이는 지금 성우를 꿈꾸며 재미있는 영어공부를 이어가고 있었다. 나는 이 아이가 다녔던 영어 학원에서 영어를 가르쳤던 방법들을 알고 난 후 참 많은 생각이 들었다. 물론 어머님은 아이를 학원에 보내기 전 학원에서 진행하는 커리큘럼과 그에 따른 목표를 어느 정도 인지하며 아이를 학원에 보냈다고 생각된다. 하지만 그 과정에서 과연 무슨 일이 있었기에 아이가 학습 무기력증에 빠진 것일까? 또한 어머님은 왜 자신의 아이가 이런 상황에 처해 있다는 것을 알지 못했을까? 아이는 자신이 학습 무기력증에 빠져 있다는 것을 알고 있었을까? 그렇다면 그 학원은 아이가 학습 무기력증에 빠진 것을 인지하고 있었을까? 영어를 배우는 이유는 과연 무엇일까? 이 질문에 대한 답은 각자의 판단에 맡기며 다음 글을 이어가도록 하겠다. 우리 원의 교육방법은 협동 학습이다. 서로를 이끌어 주는 협동 학습은 아이들이 영어를 즐기는 과정을 통해 서로 발전할 수 있는 장점이 있다.

(서로 도움을 주는 아이들)

또한 아이들이 영어를 공부하며 받는 스트레스의 강도는 주입식 학습 방법보다 현저히 낮으며 공부의 효율성 또한 뛰어나다 생각된다. 이 방법은 핀란드의 교육 방법을 모티브로 하여 완성되었으며 이것에 대해 좀 더 자세히 알고 싶으시다면 '핀란드 부모혁명 - 박재원 (부모교육, 공부 학습법 전문가)' 작가님의 강연과 책을 읽어 보시기를 당부한다. 많은 교육 연구가들은 공통으로 교육을 길게 보라고 이야기한다.

그 이유는 무엇일까? 또한 이들이 이야기하는 교육의 결과는 과연 언제를 이야기하는 것일까? 아이가 좋은 대학에 입학하는 것? 아이가 좋은 고등학교를 입학하는 것? 아이가 유치원 시절부터 영어를 잘하는 것? 후에 아이가 커서 좋은 회사에 들어가는 것? 우리는 초등 아이들이 영어를 공부하며 그에 대한 결과를 확인하는 시간은 바로 아이들이 영어를 통해 자신의 꿈, 자신이 이루고자 하는 것들을 스스로 찾아가는 때라고 생각한다. 그렇기 때문에 초등 시절의 아이들은 영어를 좋아하고 사랑하게 만드는 것에 목표를 두었으면 한다. 만약 아이들이 영어 원서 읽기를 좋아한다면 아이들은 책을 반복적으로 읽을 것이고 책의 영어 단어, 문장을 스스로 외울 것이며 더욱더 재미있는 책들을 읽기 위해 자발적으로 노력할 것이다.

간혹 욕심 많으신 학부모님들은 아이들이 영어책을 달달 외웠으면 좋겠다고 이야기하시는 분들도 계시고 아이가 학원에 다닌 지 3개월 만에 초등학교 영어 시험 점수를 100점을 맞았으면 좋겠다고 이야기하시는 분들도 계신다. 사실 더 많은 이야기가 있긴 하지만 아무튼 난 학부모님들께서 이런 요구를 하실 때마다 참 많은 생각이 든다. 물론 다른 나라에 비해 특히 경쟁이 치열한 한국에서 내 아이가 다른 아이들보다 하나라도 더 잘했으면 좋겠고 뒤처지지 않았으면 좋겠다는 학부모님들의 마음을 이해 못 하는 건 아니다. 하지만…… 한해 전국 수포자, 영포자 (수능 수학, 영어 포기자)의 숫자를 알고 계신다면…. 주입 적이며, 강압적인 방법의 교육을 통해 아이들이 받는 스트레스는 고스란히 각 가정의 부모님, 형제들, 친구들 혹은 다른 제삼자에게 전파된다는 사실을 알고 계신다면……. 교육열이 높은 지역일수록 아동 심리 상담센터가 많이 존재한다는 사실을 알고 계신다면…….

이에 대한 개인적인 생각으로 학부모님들은 초등 아이들이 다니는 학원의 개수를 더 늘리기보단 아이들의 학업 스트레스 관리에 더욱더 신경을 써주는 것이 차후 아이들의 미래에 더 도움이 되리라 생각되며 혹시라도 여유가 되신다면 아이들이 스트레스를 풀

수 있는 다양한 방법들을 제시하여 자신만의 올바른 스트레스 해소 방법을 찾을 수 있도록 지원해 주는 것이 필요하다고 생각된다.

초등 아이들이 영어를 배우기 전 가장 먼저 선행되어야 할 것이 있다. 그것은 바로 한글을 먼저 익히는 것이다. 뜬금없이 한글 이야기를 한다 생각하실 수도 있겠지만 먼저 영어를 접해본 많은 사람들, 영어를 잘하는 사람들은 대부분 한글을 잘해야 영어를 잘할 수 있다 이야기 한다. 왜냐하면 우리의 모국어는 바로 한글이며 탄탄한 모국어가 바탕이 되었을 때 영어도 잘 배울 수 있기 때문이다. 이와 관련하여 한 가지 경험을 이야기하자면 한번은 한 어머님께서 우리 아이가 이제 초등학생 2학년인데 H 자동차 회사의 심벌마크 'grandeur'라는 단어의 뜻을 알고 있다며 자랑스럽게 이야기하는 것을 들어본 적이 있었다. 'grandeur'의 사전적 의미는 '(명)장엄함, 위엄' 이다. 하지만 애석하게도 그 아이는 '장엄함','위엄'이라는 한글 단어의 의미를 알지 못했고 단어의 뜻을 이미지화 하지도 못했다. '장엄함'이라는 한글 단어의 의미는 '씩씩하고 웅장하며 위엄 있고 엄숙하다.'이다. 만약 아이가 '씩씩하다, 웅장하다, 위엄 있다, 엄숙하다.'라는 한글의 의미를 조금이나마 알고 있었다면 'grandeur'라는 영어 단어의 의미를 좀 더 쉽게 이해했을 거란 생각이 들었다. 때문에 나는 어머님에게 '아이에게는 지금 영어보다는 한글 공부가 더 필요합니다.'라고 말씀드리고 싶었지만⋯⋯⋯. 그냥 아이에게 Grand Canyon National Park, 밀라노 대성당의 모습이 담긴 영영 사전을 보여주며 서로 그림을 보고 느낀 점에 대해 이야기 하는 시간을 가졌다.

아이는 Grand Canyon National Park, 밀라노 대성당의 모습이 신기했던지 자신의 지적 호기심을 해소하기 위해 이것저것 질문을 시작하였고 나는 다양한 한글 어휘를 통해 아이의 지적 호기심을 채워주었다.

영어는 한글과 같은 언어이다. 한 문장으로 짧게 압축하여 이야기했지만 '영어는 언어이다.'라는 문장은 많은 뜻을 내포하고 있다는 것을 영어를 공부한 사람들이라면 이미 알고 있으리라 생각된다. 하지만 영어를 언어라 생각하지 않고 경쟁에서 이기기 위한 수단으로 사용되는 지금의 현실은 지금 생각해도 참 안타깝다는 생각이 든다. 더군다나 영어권 사람들도 풀지 못하는 수능 영어를 볼 때마다 과연 영어를 배운다는 것은 무엇을 위한 것일까? 라는 생각이 든다. 때문에 우리는 아이들이 초등학교 시절만이라도 영어라는 언어를 배운다는 것은 즐겁고 재미있다는 것을 알려주기 위해 이 일을 시작하게 되었다.

그러면 다시 원래 주제인 영어 원서에 관해 이야기를 이어나가도록 하겠다. 다시 말하지만, 초등 저학년 아이들이 영어 원서를 읽기 전 가장 먼저 선행되어야 할 것은 바로 아이가 책을 좋아하게 하는 것이다. 어찌 보면 당연하다 생각할 수도 있겠지만 그 당연 함이 당연함이 아닌 경우를 주변에서 참 많이 경험했다. 이와 관련하여 한 가지 경험담을 이야기하자면 어느 날 우리 원에 초등 3학년 남자아이가 들어왔는데 그 아이는 어머님의 반강제적인 권유로 인해 우리 원을 들어왔으며 아이는 그에 따른 반발심으로 영어원서 읽기를 일주일간 거부하였다. 그러던 어느 날 우리는 이 아이가 Marvel 영화를 좋아한다는 것을 알게 되었고 나는 Marvel에 관한 영어 원서를 구매하여 아이가 책에 흥미를 느낄 수 있도록 하였다. 다음날 이 친구는 자신이 좋아하는 Marvel 책을 한 권, 한 권 보기 시작했고 점점 Marvel 책에 흥미를 보이며 조금씩 영어 원서 읽기 영역을 넓혀나갔다.

그러던 어느 날 하루는 아이가 더는 책을 보지 않겠다고 이야기하며 예전과 같은 행동을 반복하기 시작했다. 그래서 나는 아이에게 그 이유를 물어보았더니 엄마가 책에 등장하는 영어 단어, 문장의 뜻을 계속 물어보며 잔소리를 해서 이젠 더 이상 책을 보고 싶지 않다 이야기했다. 그래서 나는 아이가 다시 책을 좋아하도록 계획을 수정하고 어머님과의 상담을 통해 가정에서 어머님이 해야 할 일에 대해 이야기를 전달했으며 전달 내용의 핵심은 바로 아이가 책을 보는 행위에 대해 칭찬하는 것이다. (영어책에 등장하는 영어 단어, 영어 문장의 의미를 확인하는 것이 아닌 아이가 책을 보는 행위를 칭찬하는 것) 이것을 통해 아이는 책을 읽는 행위 자체에 대한 내적 동기가 생기게 되며 후에 아이는 그동안의 긍정적인 내적 동기를 지렛대 삼아 더 많은 영어 원서를 보며 자연스레 영어를 습득하게 되는 것이다.

또한 어느 순간부터 아이는 자신이 보고 있는 영어 원서의 단어와 문장의 뜻을 알려주며 어머님들을 귀찮게 할 것이다. 아이의 이 행위는 인간의 지적 능력이 성장하면 성장할수록 그 지식을 남에게 전파하고자 하는 인간의 본성이기 때문에 어머님들은 이에 대비하여 자신의 영어 실력을 조금씩 쌓아두시기를 당부한다. 이와 관련하여 한 가지 경험을 이야기하자면 양서류에 대한 영어원서를 즐겨보던 한 친구가 나에게 이런 질문을 하였다.

"선생님 목도리도마뱀, 빨간 눈 나무 개구리가 영어로 뭔지 아세요?"

나는 그 질문에 대해 이렇게 이야기했다.

"나도 잘 모르겠는데. 목도리도마뱀, 빨간 눈 나무 개구리가 영어로 뭐라고 부르는데?"

"그건 바로 'Frilled lizard, Red-eyed tree frog' 예요."

"오~~~ 대단한데. 지식 전달상 추가."

나는 아이들이 영어 원서를 읽음에 있어 아이들이 스스로 책을 고를 수 있도록 선택권을 주는 것을 추천한다. 그 이유는 아이에게 시스템에 정해진 대로만 책을 읽게 한다면 책을 좋아하는 상위 3% 아이들을 제외한 대부분의 아이는 책 읽기를 그리 좋아하지 않을 것이기 때문이다. 따라서 넓은 울타리 안에서 아이들이 책이라는 매개체로 마음껏 뛰어놀 수 있도록 환경을 조성해 주기를 당부한다.

모두 책 속에는 보물이 있다고 이야기한다. 하지만 아이는 아직 책 속에 보물이 있다는 것을 알지 못하기 때문에 우리는 아이들에게 책 속에 보물이 있다는 것을 직접 눈으로 확인시켜주는 작업을 진행하였으며 이 방법은 책을 읽는 행위에 대한 내적 동기가 아직 부족한 아이들을 위해 만들어졌다. 요즘같이 스마트폰을 끼고 사는 시대의 아이들 대부분은 책을 읽는 행위에 대한 내적 동기가 부족하다. 때문에 약간의 외적 동기를 부여하여 내적 동기를 끌어내는 작업이 필요하며 이것을 통해 책이 좋아진 아이들은 먼저 자신이 흥미 있어 하는 책을 직접 고르게 하는 것이 가장 중요하다.

더불어 영어 원서 읽기를 처음 진행하는 아이들에게는 재미있는 Picture Book을 권해주기를 당부한다. 왜냐하면 재미있는 그림이 담긴 영어 원서는 아이가 스스로 책을 읽는 데 있어 전혀 부담을 갖지 않기 때문이다. 이를테면 아이가 보기에 만만해야 시작도 편하다는 이야기이다. 이와 관련하여 한 가지 경험을 이야기하자면 우리 원에 다니던 초등 4학년 여자아이는 Fly Guy 시리즈 책을 정말 좋아했다. 때문에 그 아이는 같은 책을 수십 번 반복하여 읽고, 음원을 들으며 북 레포트를 작성하였고 책에 등장하는 영어 단어와 문장 그리고 발음을 통째로 외운 적이 있었다. 또한 별도로 영어문장 해석을 알려주지 않았음에도 불구하고 그동안 꾸준히 진행한 북 레포트와 자신이 직접 작성한 영어 단어장을 활용하여 책에 등장하는 영어 문장의 의미를 99% 이상 이해하게 되었다. 하여 나는 이 친구에게 Fly Guy 영어 원서에 등장하는 문장들을 한글로 번역하고 번역된 한글을 다시 영어 문장으로 작성하는 방법을 제안하였는데 다행히도 아이는 이 방법을 정말 재미있어했다. 참고로 그동안 책을 충분히 읽은 초등 고학년 아이들은 이 방법을 꾸준히 진행하고 있으며 이 방법은 그동안 아이들이 스스로 읽었던 재미있는 책들을 자발적으로 선택하여 진행하기에 아이들 또한 학업 스트레스 없이 재미있게 이 수업을 진행하고 있다.

(영어원서 번역, 역 번역 노트)

우리는 정독과 다독을 기본 커리큘럼으로 정했기 때문에 많은 영어 원서가 필요했고 그에 따른 커리큘럼을 준비하는 데 있어, 많은 시간이 소요되었다. 하지만 지금은 많이 안정화되어 아이들에게 재미있는 책 읽기와 글쓰기를 진행하고 있으며 아이들과 함께 재미있는 것들을 진행하기 위해 나는 오늘도 인터넷을 통해 세계 여러 나라의 교육 방법들을 습득하고 있다.

요즘 스마트 기기를 통한 온라인 도서관이 유행하고 있다. 온라인 영어 도서관 시스템을 이용함으로써 얻는 장점은 체계적인 학습 관리와 더불어 학습에 대한 즉각적인 보상 시스템을 통해 아이들은 더 즐겁게 영어를 공부할 수 있으며 학부모님들은 자신의 스마트 폰을 통해 아이들의 학습 진도를 더욱 빠르게 확인할 수 있는 장점이 있다. 하지만 여기에 대한 나의 의견을 조금 덧붙이자면 아이들은 책을 읽음에 있어 손끝으로 책장을 한 장 한 장 넘기며 아날로그적 감성을 통해 책 속에 기록된 영어 단어와 문장의 향연들을 눈과 귀 그리고 마음으로 느껴야 한다 생각한다. 이와 관련하여 한 가지 이야기를 하자면 빌 게이츠, 스티브 잡스, 마크 저커버그 등 실리콘밸리의 선두주자라 불 리우는 사람들은 그들의 아이들을 교육하면서 자신들이 계발한 IT 기기보단 먼저 책을 우선시하는 방법을 택하고 있을까? 최근 워싱턴대학의 버지니아 버닝 거 심리학과 교수님은 미국 4~9학년 학생 총 100명을 대상으로 한 가지 실험을 진행하였다. 실험의 주제는 IT 기기와 손 글씨가 학습에 미치는 영향에 대한 조사였으며 조사 방법은 아래와 같았다.

100명의 아이를 총 4그룹으로 나누고 그룹별 학습 방법을 달리하여 학습 효율과 집중력을 조사하는 실험(2016.1.18. 논문〈손글씨, 음성, 읽기 학습법과 집중력의 상관관계〉)

그룹 1) 동영상과 MP3 파일을 이용해 음성으로 학습

그룹 2) 인쇄물을 읽는 방법으로만 학습

그룹 3) PC, 스마트 기기를 이용하여 주로 키보드로 학습

그룹 4) 손 글씨를 쓰며 학습한 그룹

1, 2, 3 그룹의 아이들은 손 글씨를 쓰며 학습한 아이들에 비해 학습 능력이 떨어졌고 손 글씨를 쓰며 학습한 그룹에 비해 주의력 결핍과 행동 장애(ADHD)와 같은 학습장애가 발생할 확률이 2배 이상 높았다고 하며 이 실험을 진행하며 얻은 결과는 아이들이 학습함에 있어 종이에 글자를 직접 쓰는 행위는 아이들의 집중력, 인내력 향상에 많은 도움이 된다고 한다. 또한 누르기만 하면 완성되는 키보드나 터치패드와는 달리 손 글씨는 끊임없이 아이의 뇌를 집중시키고 단어의 조합을 생각하도록 한다고 한다.

이와 관련하여 페리 칼라스 하버드 의대 교수는 글을 쓰는 행위에 대해 이런 이야기를 하였다.

'부모님들은 아이들이 어떻게 공부하든 별 관계없을 거라 생각하지만 사실은 그렇지 않다. 아동 성장을 연구하는 학자들에 따르면 우리의 뇌는 말 그대로 종이에 글씨를 쓰면서 자란다.'

또한 카린 제임스 인디애나 대학교 교수는 이런 이야기를 하였다.

'손글씨가 습관이 되지 않은 아이에게 인쇄물과 태블릿으로 정보를 보여주고 뇌를 스캔한 결과 정보가 제대로 정리되지 않고 머릿속에서 뒤죽박죽돼 있었다. 심지어 단어들이 글자가 아니라 도형의 형태로 저장돼 있기도 했다.'

최근 초등 4 ~ 중 3 아이들의 의식을 조사한 책 (중 2병의 비

밀 저자 - 김현수)에 따르면 부모 세대에서는 인내심을 성공하기 위한 필수 덕목으로 생각하지만 지금 우리 아이들은 그게 뭔지 모른다고 이야기한다. 아이들에게 영어 원서를 읽힌다는 것은 책의 지식을 습득함과 동시에 아이의 인내심을 길러주며 동시에 창의력과 상상력을 증대시켜주는 부가기능을 포함한다는 이야기 이며 이미 다가온 제4차 산업혁명 시대에 필요한 인재를 만들기 위한 기초를 쌓아가는 행위라 생각한다.

인터넷의 발달과 더불어 IT 기기와 함께 자란 지금의 아이들(I세대)은 점점 책 읽기, 글쓰기의 과정이 지루하며 재미없는 일이라 생각한다. 과연 그 이유는 무엇일까? 개인적인 생각으로는 바로 스마트폰의 등장으로 인해 정보를 습득하는 방법이 달라졌기 때문이라 생각한다. 지금 세상은 기술의 발달로 인해 많은 것들이 편해졌다. 아이들은 스마트폰의 영어 사전을 이용해 영어 단어의 의미를 더욱더 쉽게 찾을 수 있으며 언어 번역기를 이용해 영어문장의 의미를 더 쉽게 알 수 있다.

하지만 아이러니하게도 아이들은 스마트폰을 이용해 영어단어의 의미를 찾는 행위 자체를 귀찮아하며 각종 SNS의 다양한 이야기에 집중한다. 이와 관련하여 더 자세한 내용을 알고 싶으시다면 놀이 미디어 교육 센터 권장희 소장님의 '스마트폰으로부터 아이를 구하라'라는 강연을 추천하며 다시 다음 글을 이어가도록 하겠다.

부모 세대와 자녀 세대의 세대 차이

	부모 세대	자녀 세대
옷	실용성,보존성	유행,멋
음식	밥, 찌개, 양	치킨,피자,맛
고기	있으면 먹고	없으면 안먹고
공부	죽으나 사나	적성에 맞는 아이들이나
효	일생일대의 가장 중요한 도리	각자의 인생을 살뿐
힘든 일	내가 나서서	부모의 몫
주요 걱정	먹고사는 것	재미없을까봐
핸드폰	전화,메시지,시계	생명줄
돈	저축하고 모으고	쓰고 또 쓰고
잠	줄이고 최대한 일	졸리면 자고 볼 일
게으름	악 중의 악	창조의 원천
인내심	성공하기 위한 필수 덕목	그게 뭔지 모름
인기 드라마	못 보면 할 수 없고	본방 사수
순서	장유유서	배고픈 순서대로

(부모 세대와 자녀 세대의 세대차이 – 중 2병의 비밀 내용 발췌)

마케팅 / 설명회

학생들을 모으기 위한 가장 효과적인 홍보 방법은 과연 무엇일까?

- 선생님의 스펙
- 원어민 선생님의 유/무
- 전단지와 현수막, 각종 홍보 물품들을 활용한 홍보 활동
- 학부모님들의 입소문

우리는 처음 공부방을 운영하며 초기 씨앗이 될 아이들 5명을 모집했다. 그리고 몇 개월의 시간 동안 다양한 마케팅 방법과 입소문 등을 통해 아이들을 점점 늘려왔으며 개인적으로 공부방을 운영하며 가장 힘든 부분이 있었다면 그것은 바로 마케팅이 아닐까 하는 생각이 든다.

그러면 처음 공부방을 시작할 때 가장 우선시 되어야 하는 마케팅 방법에 대해 이야기해 보도록 하겠다. 선생님들은 공부방을 시작 전 먼저 확인해야 할 것들이 있다. 그것은 바로 공부방을 시작할 지역의 학교 수, 학원 수, 각각 학원들의 수업료, 각 학교 아이들의 등, 하원 시간 및 동선 등을 파악하는 것이며 평소 학교 근처 Coffee shop, 선물 가게, 분식집 사장님들과 친분을 쌓도록 노력하자. 그 이유는 해당 장소들은 후에 공부방을 알리는데 있어, 훌륭한 마케팅 장소가 될 수 있기 때문이다.

온라인 마케팅은 초기 홍보 투자비가 거의 들지 않는 효과적인 방법이 될 수 있으니 각종 SNS, 블로그, 카카오톡, QR 코드, 유

튜브(youtube) 등 다양한 방법을 활용하여 자신만의 특화된 마케팅 방법을 찾길 바란다.

- 선생님의 스펙은 중요하다.

다양한 마케팅 방법을 통해 상담을 오신 학부모님들의 눈을 한번에 사로잡을 수 있는 가장 효과적인 방법은 바로 선생님들의 스펙이다. 때문에 선생님들은 그동안 쌓아왔던 자신의 실력들을 한눈에 확인할 수 있도록 관련 자료들을 준비하시기를 당부하며 만약 더 많은 스펙을 준비 중이시다면 아동 심리 혹은 아이들의 마음 읽기에 관련된 자격증을 추천한다. 왜냐하면 요즘 아이들은 자신의 마음을 돌볼 시간이 없기 때문이다.

-전단지, 현수막

수많은 마케팅 방법 중 가장 쉬운 방법은 바로 전단지, 현수막을 활용하는 것이며 전단지, 현수막을 제작하는데 있어 꼭 전문 업체의 도움을 받기를 추천한다. 물론 선생님들께서 직접 전단지를 만들 수는 있겠지만 개인적인 생각으로는 전단지를 만드는 시간보다 아이들에게 전단지를 나눠주며 홍보하는 시간에 더 투자하는 것이 좋다고 생각한다.

학교 앞에서 아이들에게 전단지를 나누어 주기 전 꼭 준비해야 할 것이 있다. 그것은 바로 자신의 전단지가 길바닥이나 쓰레기통에 나뒹구는 모습을 보더라도 절대 흔들리지 않을 마음가짐이다. 왜냐하면 공부방 초창기 시절 전단지 홍보를 시작하며 바닥에 나뒹구는 소중한 전단지들을 볼 때마다 "나는 누구 여긴 어디"를 마음속으로 외친 적이 한두 번이 아니었기 때문이다. 물론 전단지 홍보를 함에 있어 아르바이트생을 고용하여 전단지를 돌리는 것도 하나의 방법이 될 순 있지만 홍보는 되도록 자신이 직접 진행하기를 당부한다. 그 이유는 아이들의 눈에 "나"라는 사람을 각인시키며 아이들과 친해지는 방법 또한 훌륭한 마케팅 전략이 될 수 있기 때문이다. 추가로 아파트 단지 게시판을 이용하면 보다 편리하게 자신의 공부방을 홍보할 수 있으니 참고하길 당부한다. 현수막 홍보는 현수막 업체에 맡기는 것을 추천한다. 왜냐하면 학교 앞 혹은 아이들이 많이 다니는 장소에 무심코 현수막을 설치하다 단속에 걸려 벌금을 무는 경우도 더러 있기 때문이다. 그래도 만약 직접 현수막을 설치하시길 원하신다면 전단지 홍보 시간에 맞추어 현수막을 설치하는 방법과 더불어 금요일 저녁에 현수막을 걸고 일요일 늦은 오후에 철거하는 게릴라 방법이 있으니 참고하시길 바란다 (물론 모든 일에는 항상 변수가 있으니 항상 주변 상황을 체크하기를 당부한다.)

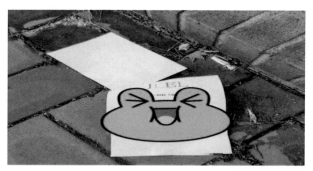

(바닥에 나뒹구는 소중한 전단지들)

- 입소문

모든 마케팅 홍보에 있어 제일 효과적인 방법은 바로 입소문이다. 때문에 처음 공부방을 등록한 아이들에게 온 정성을 쏟아 수업을 진행하고 여러 가지 소통 도구 (카카오톡, Band, 블로그, 카페

등)들을 활용하여 학부모님들에게 아이들이 공부하는 모습들을 끊임없이 전달하기를 당부한다. 물론 학생들을 가르치는 일 이외에도 해야 할 일이 산더미겠지만 입소문은 그냥 시작되는 것이 절대 아님을 명심하기 바란다. 더불어 입소문을 기다림에 있어 씨앗 같은 아이들을 꽃으로 키울 만큼 버틸 수 있는 충분한 여유 자금은 필수이다.

- 설명회

설명회는 입소문 다음으로 가장 효과가 좋은 방법이다. 때문에 설명회를 준비함에 있어 만반의 준비를 하는 것은 기본 중의 기본이며 설명회 2주 전부터는 전단지, 현수막, 온라인 홍보 등 다양한 방법들을 동원해 공격적인 마케팅을 진행해야 한다. 또한 설명회 일주일 전에는 아파트 입구 혹은 학교 앞에서 팝콘 기계 혹은 솜사탕 기계 등을 대여하여 더욱 더 홍보에 박차를 가해야 한다. 참고로 팝콘 기계, 솜사탕 기계는 일일 렌탈 서비스를 통해 반나절 혹은 하루 동안 대여가 가능하니 관련 정보들을 활용하기 당부한다. 추가로 설명회 하루 전 마지막으로 준비해야 할 것이 있다. 그것은 바로 설명회에 참석할 학부모님들을 행복하게 만들기 위한 다양한 이벤트들이다. 이와 관련하여 예전 우리가 사용한 여러 이벤트 중 한 가지를 소개하도록 하겠다.

이벤트 제목 : 당일 등록 학부모님들을 위한 오늘만 이벤트.
이벤트 선물 1 : 한정판 선물들 (주문제작).
이벤트 선물 2 : 당일 등록한 학부모님들을 위한 특별 혜택

추가로 학부모님들을 위한 이벤트를 잘 활용하면 당일 아이들이 원에 등록할 확률이 더욱더 높아지니 부디 자신만의 기발하고 다

양한 아이디어를 활용하여 재미있는 이벤트들을 준비하시길 당부한다. 추가로 설명회 당일 참석해주신 학부모님들을 위해 공부방을 홍보할 수 있는 팸플릿과 다양한 홍보 물품들(가방, 공책, 주방용품 등)을 준비하면 차후 해당 물품들을 통해 아이들이 등원할 확률이 높아지니 참고하길 바란다.

이제 대망의 설명회 당일 선생님들은 학부모님들에게 오늘 아이들이 이 공부방에 등록하지 않으면 크게 후회할 거란 생각이 들 정도로 자신만의 특화된 역량을 마음껏 펼쳐주길 당부한다.

**수업료 선정 /
커리큘럼**

- 수업료

  공부방 수업료는 별도로 정해진 금액이 없다. 이를테면 한 달 수업료를 10만 원을 받든 100만 원을 받든 그것은 선생님의 재량에 달려있다는 이야기이다. (2018년 1월 교육청 재확인) 때문에 월별 수업료를 얼마로 책정하든 그것은 선생님의 선택이겠지만 지역별 학원들의 수업료를 확인하여 그에 맞는 적절한 수업료를 책정하시기를 당부한다. 처음 공부방의 수업료를 책정하는 데 있어 처음부터 너무 낮은 금액으로 수업료를 책정하는 것은 그리 좋은 방법은 아니라 생각된다. 물론 저렴한 수업료는 초기 아이들을 모집하는데 있어 좋은 효과가 발생될 수 있겠지만 다른 학원에 비해 수업료가 너무 낮게 책정되어 있다면 학부모님들께서 공부방을 쉽게 볼 수도 있으며 수업 이외에 신경 써야 할 일들이 어마어마하게 많다는 것을 알게 되신다면 수업료를 마냥 낮게 책정할 수만은 없을 것이다. 때문에 처음 공부방 수업료를 책정하면서 보다 신중함이 필요하다 생각된다.

- 커리큘럼 구성

  우리는 프랜차이즈가 아니기에 아이들을 위한 커리큘럼을 직접 만들었으며 커리큘럼의 근간은 바로 3,000여 권의 영어 원서와 몇몇 교재들이었다. 여기서 잠깐 커리큘럼 구성에 대한 팁을 이야기하자면 커리큘럼을 구성하기 전 먼저 아이들을 위한 교재들을 선정 후 교재를 공급받는 교재 처에 레벨에 따른 교재 구성을 문의

하고 관련 자료를 참고하여 자신만의 커리큘럼을 구성하기를 당부한다.

더불어 2018년 초, 중, 고 영어 개정 교육 과정 자료를 첨부하오니 커리큘럼 구성에 많은 도움 되시기를 바란다. 만약 프랜차이즈를 통한 공부방을 시작하신다면 이 과정은 생략이 가능하며 처음 구성된 커리큘럼을 오랜 시간 가지고 가는 것은 학생과 선생님들에게 있어 발전성이 없다 생각되기에 1년에 한 번 여러 프랜차이즈 회사의 설명회 참석 및 관련 교재들을 확인하여 변화되는 교육 트렌드에 대비하시기를 당부한다.

③ 영어과 교육과정

핵심 성취기준 선별 및 교수·학습 방법 개선을 통하여 **의사소통능력을 강화**하고, **어휘와 언어형식을 학교급별로 구분 제시**하여 학생 눈높이를 고려한 교육과정 구성

학교급	2009 개정 교육과정	2015 개정 교육과정	비고
초등학교	○과거, 미래 시제 ○과업 수행어 해당하는 성취 기준 - 영어로 노래하기, 챈트, 영어로 게임하기 등 ○[5-6학년군] 성취기준 <자신이나 가족 등어 관허 짧고 간단하게 쓴다.>	○(삭제) 단순 문법 지식 내용 경감 ○(삭제) 노래, 챈트, 게임하기 등 ○(이동) 중 1로 이동 ○(추가) 듣기와 말하기 영역의 학습 요소 확대로 실생활 속 영어회화 능력 강화	○실생활과 유리 ○수업 활동어 해당하는 성취기준(14개)은 학습 요소와 무관하므로 학습량 감축이 아님 ○학생 발달단계 고려
중학교	○중복되는 성취 기준 - 차이점 말하기, 호불호의 이유 말하기, 줄거리 말하기 등 타 성취기준어 포함되는 성취기준 존재	○(통합) 세부 정보 파악 및 중심 내용 이해 등어 통합 ○(신설) 성취기준 <자신이나 가족 등어 관허 짧고 간단하게 쓴다> [초 5-6학년군에서 이동]	○학습량 감축이 아닌 하위 성취기준의 통합으로 성취기준 정선 ○학생 발달단계 고려
고등학교	○인과관계 파악	○(통합) 논리적 관계를 파악어 포함 ○(추가) 읽기와 쓰기 영역을 강화	○학습내용 요소 정선 ○학생의 발달단계와 진로개발 맞춤형 교육
어휘	○권장 어휘 2,988개 ○초등학교만 권장 어휘 제시	○(유지) 권장 어휘 3,000개 ○(신설) 초/중고 일반선택/고등학교 전로선택 및 전문교과I 별로 학습 어휘 구분 제시 ○(개선) 기본 어휘목록 개선 및 추가어휘 기준 개선	○학습량 유지 ○전체 학습량은 유지하되 학생 학습 부담 경감
언어형식	○권장 언어형식(문법요소) 354개 ○학교 급별 구분 없이 학습	○(유지) 권장 언어형식(문법요소) 354개 ○(신설) 초·중·고등학교 별 권장 언어형식 제시	○학습량 유지 ○전체 학습량은 유지하되 학생 학습 부담 경감

◆ 언어발달 단계 및 학생발달 단계를 고려하여 성취기준 조정
· 듣기 비율: (초등) 31% → (중학교) 26% → (고등학교) 24% [점진적 감소]
· 말하기 비율: (초등) 31% → (중학교) 30% → (고등학교) 19% [점진적 감소]
· 읽기 비율: (초등) 20% → (중학교) 26% → (고등학교) 28.5% [점진적 증가]
· 쓰기 비율: (초등) 18% → (중학교) 18% → (고등학교) 28.5% [점진적 증가]

(2018년 영어 개정 교육 과정)

신고와 세무

＊ 개인과외교습자의 자격

　＊ 학력 및 경력 제한이 없음

＊ 유의사항

　＊ 개인과외교습자 신고 제외 대상 : 대학(대학원포함) 및 이에 준하는 학교에 재적중인 학생(단, 휴학생은 신고대상임.)
　＊ 일시수용능력인원 : 같은 시간에 교습 받는 인원은 9인 이하로 할 것
　＊ 신고과목 이외에는 교습할 수 없음
　＊ 동일 장소에서 2인 이상의 과외교습자가 함께 교습할 수 없음
　＊ 교습자의 주거지가 공동주택(아파트 등)일 경우 층간 소음문제 등으로 입주자 및 거주자에게 피해를 주지 않도록 주의하여야 함

(인천광역시 교육청 홈페이지 발췌)

공부방 운영에 있어 선생님의 학력 및 경력은 아무 제한이 없다. 또한 전공에 있어 반드시 관련 학과가 아니더라도 학생들을 가르칠 능력만 있다면 누구나 공부방 창업이 가능하다. 때문에 교육 창업을 생각하고 계신 청년들, 경력 단절 여성분들께 공부방 창업을 적극적으로 추천한다.

공부방은 말 그대로 사람이 거주하는 장소에서 아이들을 가르치는 곳이다. 때문에 거주 공간 사용에 있어 약간의 불편함만 감수한다면 학원 상가 임대료보다 훨씬 저렴하게 공간을 사용할 수 있으며 일인 사업장이기에 인건비가 들지 않는 장점이 있다.

교육청 신고

개인과외 교습자 신고는 생각보다 간단하다. 공부방 신고 방법은 각 지방 교육청에서 필요로 하는 서류를 준비 후 교육청에 방문하면 30분도 되지 않아 신청이 완료되며 교육청 신고필증 발급까지는 대략 1주일 정도의 기간이 소요된다.

간혹 공부방 커뮤니티에서 공부방에 대한 잘못된 정보들이 사실인 양 이야기 되는 글들을 본 적이 있다. 때문에 공부방 준비 및 운영에 있어 궁금한 사항은 반드시 교육청 실무자와 직접 통화하여 확인하기를 당부한다.

각 교육청 홈페이지의 게시판을 매월 확인하도록 하자. 그 이유는 매월 공부방 정기 점검에 관한 내용 및 개인과외 교습자 법령 개정에 대한 정보들을 확인할 수 있기 때문이다. 그럼 개인과외 교습자 신고 요령 및 관련 서식에 대한 내용들을 첨부 하며 개인과외 교습자 신고에 대한 내용을 여기에서 마무리하도록 하겠다.

· 개인과외교습자 신고서 1통(교육지원청 비치 또는 홈페이지 탑재)
· 주민등록증 사본, 주민등록등본 1통(실제 거주지)
· 최종학력 증명서 1통(3개월이내), 건축물대장
· ☞ 건축물대장상 용도가 반드시 주택이어야 함.
· 자격증원본(해당자에 한함)
· 반명함판 사진 2매(3cm × 4cm)
· 신분증 지참

(개인과외교습자 신고에 필요한 서류들)

개인과외교습자 신고 안내

민원인 (신청서 접수)	➡	서류검토 (민원인)	➡	확인	➡	결재	➡	신고필증 교부

- 건축물 대장상 용도 주택 여부
- 신고장소에 다른 교습자 등록 여부

❷ 개인과외교습자란?

학습자의 주거지 또는 교습자의 주거지로서「건축법」제2조 제2항의 단독주택 또는 공동주택에서 교습료를 받고 과외교습을 하는 자

❷ 구비 서류 (처리기한 3일)

- 개인과외교습자 신고서 1통(교육지원청 비치 또는 홈페이지 탑재)
- 주민등록증 사본, 주민등록등본 1통(실제 거주지)
- 최종학력 증명서 1통(3개월이내), 건축물대장
- 건축물대장상 용도가 반드시 주택이어야 함
- 자격증원본(해당자에 한함)
- 반명함판 사진 2매(3cm × 4cm)
- 신분증 지참

신규 신고	변경 신고	반납 신고

1 개인과외교습자 신고서 1통
   (교육지원청 비치 또는 홈페이지 탑재)
2 주민등록증 사본, 주민등록등본 1통(실제 거주지)
3 최종학력 증명서 1통(3개월이내), 건축물대장
   ☞ 건축물대장상 용도가 반드시 주택이어야 함
4 자격증원본(해당자에 한함)
5 반명함판 사진2매(3cm × 4cm)
6 신분증 지참
	1 변경사항을 증명할 수 있는 서류 1부
	   주소지변경 : 주민등록등본
	   학력변경 : 졸업증명서
	2 반명함판 사진 1매(3cm × 4cm)
	3 개인과외신고필증(기 발급된 것)
		1 개인과외신고필증
		   (기 발급된 것)
		2 신분증 지참

❷ 개인과외교습자 신고대상

- 아파트, 단독주택, 공동주택에서 하는 개인과외교습자
  [대학·대학원을 포함한다] 재학 중인 학생을 제외 휴학생은 신고대상)
  관련 (「학원의 설립·운영 및 과외교습에 관한 법률」제14조의2(개인과외교습자의 신고 등)
- 청소년대상 성범죄가 없는 자
  관련 (「아동·청소년의 성보호에 관한 법률」제44조 (아동·청소년 관련 교육기관 등에의 취업제한 등)

❷ 운영시 준수사항

- 개인과외교습자는 교육청에 신고한 주소지에서만 교습행위를 하여야 하며, 동일장소에서 2인이상이 교습행위를 해서는 안됩니다. (단, 친족의 경우는 예외적으로 인정하나) 신고의무는 본인 및 친족 모두 신고하여야 함)
  ※ 친족의 범위 : 8촌 이내의 혈족, 4촌 이내의 인척, 배우자(민법 제777조 적용)
- 교습장소에서 (강사)간사 또는 아르바이트, 강사는 채용할 수 없습니다.
- 학습자 모집시 1대 1대 교습인원이 9인 이하이어야 하며, 9인을 초과하여 30일 이상 교습할 경우 학원으로 등록하여야 합니다. (단 예능 : 5인)
- 개인과외교습자는 관할 세무서에 사업자등록을 하여야 합니다.
- 개인과외교습자는 ○○학원·○○○교습소·○○○과외방 등의 명칭을 사용하지 않아야 합니다.
- 개인과외교습자는 신고장소 및 교습장소에 게시하거나 학습자 또는 학부모의 요청이 있을 경우 신고필증을 제시하여야 합니다. (※ 위반시 50만원~200만원의 과태료 부과)
- 개인과외교습을 종기할 경우는 즉시 서부교육지원청에 반납신고 하여야 합니다.
- 공동주택에서 개인과외교습을 할 경우 소음피해로 인하여 민원이 제기될 소지가 있으므로「주택법」제44조 및 동법 시행령 제57조에서 정하고 있는 공동주택관리규약에 저촉될 받을 수 있음을 유의하여야 합니다.

개인과외교습자 관련서식 모음

서식명	다운로드	서식명	다운로드
현금출납부	DOWNLOAD	개인과외교습자신고서	DOWNLOAD
교습비등영수증	DOWNLOAD	지도점검 기록부	DOWNLOAD
교습비 반환기준	DOWNLOAD	과태료 부과기준	DOWNLOAD
행정처분	DOWNLOAD	개인과외교습자반납신고서	DOWNLOAD
개인과외교습자변경신고서	DOWNLOAD	개인과외교습자신고필증분실사유서	DOWNLOAD
개인과외교습자신고필증재발급신청서	DOWNLOAD		

관련 법령

법령명	연결하기
「학원의 설립 운영 및 과외교습에 관한 법률」	연결하기
「학원의 설립 운영 및 과외교습에 관한 법률 시행령」	연결하기
「학원의 설립 운영 및 과외교습에 관한 법률 시행규칙」	연결하기
「인천광역시 학원의 설립 운영 및 과외교습에 관한 조례」	연결하기
「인천광역시 학원의 설립 운영 및 과외교습에 관한 조례시행규칙」	연결하기

번호	제목	등록일	파일	조회수
공지	2016년도 6월 학원자율정화 활동 대상 안내	2016-05-31		663
공지	2015년도 공익법인 사업실적 및 결산서 제출	2016-01-07		205
544	2017년 6월 학원,교습소,개인과외교습자 정기지도점검 대상 알림	2017-05-11		33
543	2017년 5월 학원자율정화위원회 위원 지도검검대상 알림	2017-05-10		25
542	2017 4월말 학원 및 교습소 현황 공개	2017-05-02		28
541	어린이통학차량 무상지원(안실련, 현대자동차) 안내	2017-04-11		32
540	2017.3월말 학원 및 교습소 현황 공개	2017-04-10		77
539	2017.2월말 학원 및 교습소 현황 공개	2017-04-10		11
538	2017년 5월 학원,교습소,개인과외교습자 정기지도점검 대상 알림	2017-04-10		135
537	2017년 4월 학원자율정화위원회 위원 지도점검 대상 알림	2017-04-05		57

첨부파일	📊 2017년 6월 학원 교습소, 개인과외교습자 정기지도 점검 대상(게시용).xls (46 Kbyte)
	📄 학원(교습소) 중점지도점검 안내문 (발송분) hwp (19.5 Kbyte)
	📄 개인과외교습자 준수사항 hwp (22.5 Kbyte)
내용	

1. 평생교육의 중요한 부분을 담당하고 있는 학원 교습소 설립 운영자 분들께 감사드립니다.

2. 귀 학원 교습소가 2017년 6월 정기지도 점검 대상임을 알려드리니, 붙임의 중점지도 점검사항 안내문을 참고하시어, 지도점검 준비에 만전을 기하여 주시기 바랍니다.

3. 아울러, 학원·교습소 운영과 관련한 안내 및 민원 서식은 인천서부교육지원청 홈페이지(http://seobu.ice.go.kr) → QUICK MENU → 학원/교습소/개인과외 → 공지사항 및 관련서식에서 확인이 가능하오니 활용하시기 바랍니다.

(교육청 홈페이지 게시판)

사업자 신고

   공부방 사업자등록은 공부방을 시작한 날로부터 20일 이내에 각 지방 세무서 민원봉사 실을 방문하여 사업자를 신청하면 된다. 사업자 등록증은 보통 일주일이면 발급된다.

- 필요서류 -

1. 사업자등록신청서 1부 (국세청 홈페이지에서 다운로드)
- 업태 : 교육서비스
- 종목 : 과외 교습자(기타자영업)
- 업종코드 : 940903

2. 주민등록증 사본 1부
참고로 공부방 사업자등록은 부가세 면세 사업자이다.

*부가세 면세 사업자
부가가치세를 낼 의무는 없지만, 소득이 발생 시 종합 소득세를 내야하며 사업자 등록증이 발급되고 수입이 발생하면 매년 1월 사업장 현황 신고, 5월은 종합소득세 신고를 해야 한다.

*사업장 현황신고
부가가치세가 면세되는 개인사업자가 지난 1년간의 수입금액과 사업장 현황을 신고하는 것으로 종합소득세 납부세액과 관련이 있다.

*종합 소득세신고
매월 총수입에서 지출금액을 제외하고 순수익에 대한 세금을 내기 위해 증빙서류를 매년 5월 세무서에 제출한다.

- 수업료 = 총수입
- 지출금액 = 공부방 운영비
(공부방을 운영하며 발생하는 모든 비용 일체)
- 매년 5월 종합소득세 신고
- 매년 1월 사업자 현황 신고

공부방 준비를 위해 구매한 각종 품목의 영수증은 다음 해 5월 종합소득 신고 경비처리를 위해 꼭 모아두기를 당부한다. 또한, 공부방을 운영하며 구매한 물품들(교재, 행사, 아이들 간식비용 등)의 모든 구매 영수증은 월별로 모아두고 종합 소득세를 신고할 때 경비로 처리하길 당부한다.

1년마다 진행해야 하는 사업장 현황 신고, 종합 소득세 신고는 홈택스 (Home tax)를 이용하여 직접 신고가 가능하며 세무서를 통한 신고도 가능하며 우리는 후자에 속하고 있다.

수업료 결재 방식 및
현금 영수증 발행

    수업료 결재방식은 크게 카드 결제와 현금결제로 나뉜다. 카드 결제 시스템은 카드기를 이용하는 방법과 스마트한 시대에 걸맞게 모바일 카드시스템, 카카오 결제 시스템 등 다양한 결제 방법들이 존재하니 인터넷 검색을 통해 여러 카드 결제 시스템을 충분히 비교하여 선택하시기를 당부한다.

    수업료 현금 결제를 안내하기 전 별도의 수업료 입금 전용 계좌를 만들어 이용하면 보다 편리하게 수업료 입금을 확인할 수 있다. 때문에 수업료 현금 입금을 위한 다양한 은행 계좌를 만들어 학부모님들에게 입금 계좌를 알려드리길 당부하며 이 방법은 학부모님들께서 현금으로 수업료를 입금시 은행 수수료가 발생하지 않는 장점이 있다. 더불어 선생님들께서는 여러 계좌를 한 번에 관리하기 위한 통합 계좌 관리 시스템(Toss, 뱅크 샐러드 등)을 이용하시기를 당부한다.

    학부모님들께서 수업료를 현금으로 결제할 경우 꼭 현금 영수증을 발급하길 당부한다. 왜냐하면, 10만 원 이상의 현금은 현금 영수증 의무 발행이기 때문이다. 현금영수증 발급은 스마트폰 앱(app), 국세청 홈택스 사이트(www.hometax.go.kr) 혹은 현금 영수증 발급을 서비스하는 각종 사이트에서도 발급이 가능하며 현금 영수증은 학부모님들 전달용 / 원내 보관용 2장을 출력하여 한 장은 원에서 보관하기를 당부한다.

현금영수증 소비자 발급수단 관리

- 현금영수증을 발급받을 때 사용하시거나 사용하실 카드번호, 휴대전화번호를 입력하세야만 국하세 영수증 사용내역이 집계되니 철이 입력하여 주시기 바랍니다. 카드번호, 휴대전화번호를 변경하시는 경우 그 다음날부터 사용내역 조회가 가능합니다.
- 아래란에 입력되지 않은 카드번호나 휴대전화번호로 현금영수증을 발급받을 때에는 사용내역이 집계되지 않습니다.
- 성명, 이용기간 : 회원정보로부터 내정용
- 카드번호의 중복방지를 위해 카드번호가 13자리 ~ 19자리숫자인 경우만 신청됩니다
- 현금영수증 전용카드 수령후 카드번호를 직접 등록하여 주시기 바랍니다.

(국세청 홈페이지 발췌)

상호	홈페이지	연락처
(주)KT	http://www.hellocash.co.kr 등	(02) 2074 - 0340
(주)엘지유플러스	http://ta-admin.dacom.net 등	1544 - 7772
한국정보통신(주)	http://www.kicc.co.kr 등	1600 - 1234
퍼스트데이타코리아(유)	http://www.money.co.kr 등	1544 - 7300
(사단법인)금융결제원	http://www.tib.van.or.kr 등	1577 - 5500
나이스정보통신(주)	http://tssvavenice.van.co.kr 등	(02) 2187 - 2700

(인터넷을 통한 현금 영수증 발급 서비스가 가능한 회사들)

(현금 영수증)

공부방 시작
그리고 중간점검

    첫 수업은 앞으로 보석이 될 원석들 5명과 함께 진행했다. 단출하였지만, 공부방을 가득 채운 영어원서에 흥미를 보이는 아이들의 모습을 보니 마음 한편에서 뿌듯함이 밀려왔다. 우리는 먼저 고학년 아이들에게는 Lexile 지수 테스트를 진행하여 아이들 스스로 영어 원서를 고를 수 있는 기준을 마련하였으며 영어 원서를 읽음에 있어 아직 마음의 준비가 되지 않은 저학년 아이들에게는 Lexile 테스트를 진행할 마음의 준비가 될 때까지 기다리겠다고 이야기 하며 Five Finger Rule을 통해 영어 원서를 고르는 방법을 알려주었다.

    우리는 분기마다 한 번씩 아이들의 영어독서 지수(Lexile)를 측정하고 매 분기 영어 독서 지수 (Lexile) 변화 추이를 그래프로 작성하여 학부모님들에게 관련 내용을 전달한다. 최근 우리는 여러 사정으로 인해 다른 지역으로 공부방을 옮긴 적이 있었는데 그 지역은 다른 지역에 비해 학구열이 꽤 높은 곳이었다. 때문에 우리는 그 지역의 특성에 맞게 아이들이 책의 내용을 좀 더 빨리 이해할 수 있도록 온라인 시스템을 도입하였지만, 아이러니하게도 그 지역 아이들은 이전 지역 아이들보다 Lexile 지수 변화의 차이가 그리 크진 않았다. 그 이유는 과연 무엇일까? 나는 그 이유를 가수 이적의 어머니 박혜란 교수님의 '다시 아이를 키운다면'이라는 책을 통해 답을 찾을 수 있었으며 이 책을 통해 박혜란 교수님의 책 내용 중 두 가지 내용을 나의 경험과 덧붙여 이야기하도록 하겠다.

'아이들 너무 바쁘다.'

　아이들은 너무 바쁘다. 정말 바쁘다. 몇 개월 전 우연히 '강남 유치원 오 모 군의 하루'란 제목의 인터넷 기사를 본적이 있었는데 그 아이들의 일과를 살펴보니 아이들은 회사에 다니는 학부모님들 보다 더 바쁜 스케줄을 소화하고 있었다. 때문에 나는 그에 대해 좀 더 자세한 내용을 알고 싶어 인터넷에 관련 내용을 검색 중 'EBS 스페셜 프로젝트 강남 엄마 김은실의 진짜 사교육 이야기'란 유튜브(youtube) 영상을 시청하게 되었고 적잖은 충격을 받게 되었다. 왜냐하면 나는 이 영상을 통해 핀란드 전 교육청장 에르끼 아호(Erkki AhaAho)의 이야기가 생각났기 때문이다.

"경쟁은 경쟁을 낳아 결국 유치원생들까지 경쟁의 소용돌이 속에 말려들게 할 것이다."

　이와 관련하여 한 가지 경험담을 이야기하자면 한번은 우리 공부방을 다니던 초등 아이가 수업 시간에 전혀 집중하지 못하고 힘들어하기에 나는 학부모님에게 아이의 현재 상황을 전달하고자 상담을 요청하였고 상담을 통해 아이의 하루 스케줄을 확인하게 되었다. 아이는 학교 정규수업을 마치고, 방과 후 수업을 시작으로 영어 학원, 피아노 학원, 수학 학원을 매일 다니고 있었으며 부모님들은 맞벌이를 하는 상황이라 아이의 일과를 조정하기에는 많은 어려움이 있다고 이야기 했다. 그래서 나는 그 아이의 학부모님들에게 아이가 원에서만이라도 조금 쉴 수 있도록 최소한의 수업만 진행하도록 제안하였으며 얼마 후 이 아이는 원을 관두게 되었다.

'부모의 기준이 너무 높은 것이 문제다.'

초등 아이들이 영어를 공부함에 있어 학부모님들이 생각하는 기준은 과연 무엇일까? 한번은 한 어머님께서 국제 학교에 다니는 아이 5명을 데려올 테니 그룹으로 수업이 가능하냐는 문의와 함께 자신이 준비한 커리큘럼으로 수업을 이끌어갔으면 좋겠다는 이야기를 하여 나는 어머님께서 제안하시는 수업 커리큘럼을 들으며 이런 질문을 하였다.

"혹시 아이가 영어를 배움에 있어 목표하신 바가 있으신가요?"

질문에 대한 대답은 간단했다.

"그냥 아이가 지금보다 영어를 좀 더 잘했으면 좋겠어요."

나는 어머님에게 시간 되실 때 아이의 레벨을 확인할 수 있도록 아이와 함께 원에 방문해 달라 요청했지만 곰곰이 생각해보니 그 아이들은 우리의 수업보다는 과외가 더 나을 것 같다는 생각이 들어 어머님에게 전화를 걸어 아이들은 과외를 하는 것이 더 좋겠다는 의견을 전달하였다. 물론 우리는 아이들에게 영어를 가르침과 동시에 영리를 추구해야 하는 목적이 있지만 '아이가 영어를 좋아하게 만들자.'라는 우리의 철학이 먼저라는 생각이 들어 아쉽지만, 어머님의 요청을 받아들일 수는 없었다.

내적동기와 외적동기

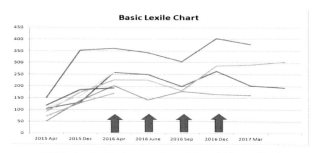

(초등 1~2 학년 Lexile 지수 변화 그래프)

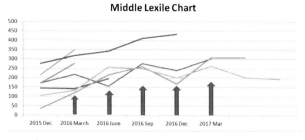

(초등 3~5 학년 Lexile 지수 변화 그래프)

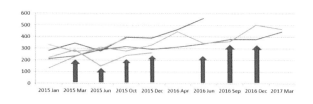

(초등 5~6 학년 Lexile 지수 변화 그래프)

아이들의 지난 6년간 영어 독서 지수(Lexile) Data를 분석해보니 각각의 그래프마다 공통으로 발생하는 현상이 있었다. 먼저 Basic 레벨 (초등 1~2학년)의 아이들은 처음 6개월 동안은 대부분의 Lexile 지수가 올라가고 그 후 3개월을 기점으로 아이들의 Lexile 지수는 올라가는 아이들과, 내려가는 아이들로 나뉜다. 또한 Middle(초등 3~5학년), Up(초등 5~6학년) 레벨의 아이들은 대부분 3개월 동안 Lexile 지수가 올라가고 그 이후 아이들의 Lexile 지수는 대부분 내려가며 다시 3개월을 기점으로 Lexile 지수는 개별적인 상승, 하락을 반복하며 조금씩 수치가 올라가기 시작한다. 여기서 우리는 아이들의 Lexile 지수 수치가 내려가는 시점(화살표 지점)을 '개별적 슬럼프 시기'라 불렀다. 대부분의 아이는 영어를 공부하며 공통으로 개별적 슬럼프 시기를 겪었으며 별다른 슬럼프 없이 Lexile 지수 그래프가 고공행진 하는 아이들은 책 읽기(한글, 영어)를 좋아하고 즐기는 상위 3% 아이들이었다.

처음 어떤 일을 할 때 아이들, 어른들은 모두 열정적이다. 하지만 일정 시간이 지나면 처음의 열정은 온데간데없이 사라지고 어느새 슬럼프가 다가오기 시작하며 나는 이 Data를 통해 아이들의 영어 공부에 대한 성공의 열쇠는 바로 처음 열정의 강도가 아닌 지속성(Grit)이라는 것을 다시 한 번 확인하게 되었다. 아이들이 영어를 배움에 있어 상위 3% 아이들을 제외한 나머지 97% 아이들은 공통으로 개별적 슬럼프를 겪게 된다. 또한 미친 듯이 재미있고 좋아하는 일을 함에 있어 처음에는 모두 그것을 열심히 진행하지만, 일정 기간이 지나게 되면 결국 다들 지치게 마련이다. 그렇다면 상위 3% 아이들을 제외한 나머지 97% 아이들이 영어에 대한 열정의 지속성을 유지하기 위해 필요한 것은 과연 무엇일까? 그것은 바로 외적 동기(External Motive)부여를 위한 조그마한 보상 소품들 (폭풍 칭찬, 북 레이싱 도장 판, 과자, 음료수 상장, 달란트 등)이다. 참고로 초등 아이들에게 있어 영어에 대한 내적 동기(Internal Motive)는 상위 3% 아이들을 제외하곤 거의 제로라 생각하는 것이 편할 것이다. 때문에 아이들이 영어 공부에 대한 내적 동기를 가질 수 있도록 적절한 외적 동기를 사용하는 것이 필요하며 과도한 외적 동기는 오히려 부작용이 초래될 수 있으니 이를 사용함에 주의가 당부 된다. 이와 관련하여 한 가지 예를 들어 본다면 유치원 아이들에게 장난감을 사주면 아이들은 채 일주일도 되지 않아 장난감에 대한 흥미가 사라지고 다시 다른 장난감을 사 달라며 떼를 쓰기 시작한다. 때문에 아이들이 오랜 시간 공부를 이어나가기 위해 먼저 필요한 것은 바로 아이의 내적 동기(공부하는 이유를 아는 것)를 키우는 것이 가장 중요하다고 생각되며 이미 공부에 대한 내적 동기가 충분한 아이들에게는 매달 영어 공부에 대한 중간 목표를 제시하고 목표에 대한 세분화를 통해 아이가 하루, 하루 작은 목표를 달성할 수 있도록 도움을 주어야 한다. 또한 아이들에게 적절한 경쟁심을 유도하면 공부에 대한 아이의 내적 동기 향상에 좋은 효과가 발생할 수 있지만, 과도한 경쟁은 오히려 역효과가 발생 될 수 있다.

이와 관련하여 한 가지 경험을 이야기하자면 우리 원에 초등 고학년 두 친구가 있었는데 이 친구들의 영어 실력은 서로 비슷하였으며 서로 자신의 Lexile 지수를 자랑하며 둘만의 경쟁 구도를 이루고 있었다. 그러던 어느 날 아이들의 영어 독서 지수(Lexile)를 측정하던 중 경쟁 구도를 이루고 있는 두 친구가 서로의 Lexile 지수를 뽐내 며 언쟁을 벌인 적이 있었고 나는 후에 다른 아이들을 통해 두 친구 모두 원을 관두려했다는 사실을 알게 되었다. 이 사건을 계기로 나는 아이들에게 자신의 Lexile 지수를 다른 아이에게 절대 알려주지 말라 이야기 했으며 이것은 마치 내가 회사를 다니던 시절 사장님께서는 절대 다른 직원들에게 자신의 연봉을 이야기 하지 말라는 사장님의 말씀과 같다는 생각이 들었다.

(북 레이싱 도장 판에 도장을 찍고 있는 아이들)

북 레이싱 도장 판은 아이들의 눈에 잘 띄는 곳에 배치하여 아이들이 영어 원서를 읽을 때마다 자신의 북 레이싱 도장 판에 스스로 도장을 찍을 수 있도록 하였다. 이를 통해 나는 아이들이 영어 원서를 30권, 50권씩 읽을 때마다 과자, 음료수 등으로 외적 동기를 부여하였으며 영어 원서 읽기 100권을 달성하면 상장과 달란트를 부여하여 아이들에게 내, 외적 동기부여와 더불어 성취감을 느낄 수 있도록 하였다.

지금도 영어 원서 읽기 3,000권을 목표로 자신의 열정을 불태우고 있는 아이들의 모습을 볼 때마다 나는 그 모습들이 참 대견하다 생각되며 나 또한 아이들의 열정을 본받아야겠다는 생각이 든다.

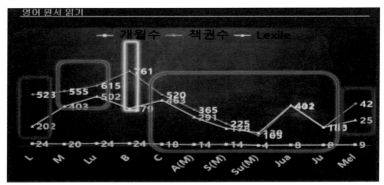

(영어 원서 읽기 권수와 Lexile 지수와의 상관관계)

Grit(그릿)

Grit

- Growth 성장
- Resilience 회복력
- Intrinsic Motivation 내재적 동기
- Tenacity 끈기

  펜실베이니아 대학교 심리학과 교수인 엔젤라 더크 워스는 자신이 직접 교육 현장에서 몸소 체험하고 경험한 것들을 바탕으로 인간이 성공하는 요인은 재능보다는 끈기, 열정, 불굴의 의지, 노력이 더 중요하다는 것을 Grit 이라는 책을 통해 이야기하고 있으며 우리 공부방에서도 이런 Grit 있는 친구들이 존재한다.

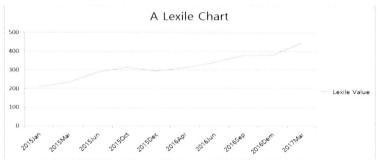

(A 학생의 2년간 Lexile 지수 변화 그래프)

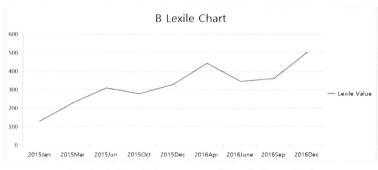

(B 학생의 2년간 Lexile 지수 변화 그래프)

　여기 두 친구의 2년간 Lexile 지수 변화에 대한 그래프가 있다. 두 친구는 현재 초등 5학년이며 우리 공부방에 오기 전 서로 비슷한 영어 환경(학교 방과 후 영어)에서 영어를 공부했던 친구들이다. A 학생은 학습을 받아들임에 있어 그것을 자기 것으로 만드는 능력이 좀 더딘 아이이며, B 학생은 학습을 받아들이는 능력이 뛰어난 아이다. A 학생은 별다른 '개별적 슬럼프 시기' 없이 쉬운 영어 원서부터 시작하여 독서(정독, 다독)를 꾸준히 진행하였으며 책 읽기와 Book Report, Book Quiz를 꾸준히 진행하였다. B 학생은 학습을 받아들이는 능력이 뛰어나지만 '개별적 슬럼프 시기'를 겪는 일이 두 번 정도 있었으며 독서(정독, 다독), Book Report, Book Quiz를 A 학생보다 꾸준히 진행하지 않았다.

　이후에 두 친구들의 최종 Lexile 지수 차이는 50L 정도로 그 격차가 매우 미미하였지만, 두 학생의 회복력(Resilience)과 끈기(Tenacity)에서는 분명한 차이가 발생하였으며 우리는 이 그래프를 통해 아이가 본래 지닌 재능보다는 끈기와 열정, 불굴의 의지, 노력(Grit)이 더 중요하다는 것을 다시 한 번 확인하게 되었다.

　회복력(Resilience)과 끈기(Tenacity)는 아이 본래의 성향 및 각자의 환경에 따라 많은 차이가 발생된다. 때문에 아이들을 오랫동안 끌고 가기 위해서는 회복력(Resilience)과 끈기(Tenacity)를 잘 이끌어 주어야 하며 학년별 Lexile 지수 변화 그래프에서 말해주 듯 '개별적 슬럼프 시기'가 시작되는 아이들은 적절한 관리를 해주 어야 한다. 때문에 선생님들은 아이들의 개별적 슬럼프 신호를 빨 리 알아채는 것이 가장 중요하며 학부모님들과의 연계를 통해 아 이들이 오랜 기간 학습을 진행할 수 있도록 도움을 주는 것이 필 요하다. (참고로 우리는 그것을 '마음 살피기'라 정의하였다.)

(자신의 힘든 점을 간접적으로 표현한 한 아이의 표식)

만약 아이들과 선생님과의 사이가 좋다면 아이들은 자신의 힘든 점을 직접 이야기하며 대화를 시도하려 하지만 몇몇 아이들은 위 의 사진처럼 자신의 힘든 점을 에둘러 표현하기도 하고 때로는 조 금 거친 말과 행동을 통해 자신의 현재 상태를 표현하기도 한다. (아이들의 표현은 제각각이다) 때문에 아이들의 마음 살피기는 꼭 학부모님들과 연계하여 엉킨 실타래를 하나, 하나 풀어야 하며 슬 럼프가 온 아이들은 마음을 살피고 보듬어야 다음 학습이 수월히 진행된다는 것을 꼭 염두에 두길 바란다. 아이들에게 학습만 시키 면 되지 부모도 아니고 아이들 마음을 헤아려줄 시간이 어디 있나 라고 생각하신다면 긴말하진 않겠다. 왜냐하면, 아이들이 하나둘 원을 떠나는 것을 경험하게 될 것이기 때문이다.

아이들이 학원에 가기 싫다며 고집을 피우는 순간 학부모님들은 결국 아이들의 손을 들어줄 것이 분명하기에 선생님께서는 슬럼프가 온 아이들에게 좀 더 신경을 써 주시기를 당부한다.

  마음 살피기에서 한 가지 중요한 점이 있다. 그것은 바로 아이들에게 학원에서 지켜야 할 Rule을 알려주는 것이다. 개별적 슬럼프 시기를 겪는 아이들은 선생님들 혹은 학부모님들에게 자신의 힘든 점을 다른 것으로 보상받기 위한 행동을 시작한다. 때문에 선생님들은 반드시 학원의 Rule을 만들어 아이들이 Rule 안에서 생활하는 법(생활 습관)을 알려주어야 하며 Rule의 범의가 넓으면 넓을수록 선생님들과 아이들 사이에 좋은 관계가 유지된다. 단 넓은 울타리의 전제 조건은 바로 서로의 신뢰라는 것을 꼭 명심하기 바란다.

JLEL 칭찬도장,달란트 룰

리스트	칭찬도장	달란트	설명
		1	
	5		
	3	단어 5개 이상	월별 베스트 상 추가(단어장 상)
		5	100권 마다
			30권 과자,50권 음료수 (종류 선택권 없음)
		1	
	5		
	3		
		-1	숙제,Ort 녹음,쌤뽑·만늦기,책 미반납,대타클줄 변빨들
		1	
		5	일회성
		5	일회성
		5	샘을 이겨라 일회성

북 퀴즈

리스트	보상	설명
	달란트 1개	
	칭찬도장 10개	각레벨당 혜택
	퀴즈쿠폰 도장 1개 (도장 3개 달란트 1개)	각레벨당 혜택
	퀴즈쿠폰 도장 1개 (도장 3개 달란트 1개)	각레벨당 혜택

(공부방의 강력한 Rule)

  우리는 아이들의 바른 공부 습관을 위해 여러 가지 상 (약속 지킴이 상, 행복 전도사 상, 바른말 상 등)들을 만들어 아이들이 스스로 Rule을 지킬 수 있도록 환경을 조성했다. 벌이 아닌 상이기에 아이들은 불만 없이 각각의 상들 이름에 맞게 자발적인 행동을 진행하였으며 우리는 수업 외적인 부분(생활 습관)으로 인해 발생

되는 스트레스를 현저히 줄일 수 있었다. 우리 공부방의 가장 강력한 Rule은 '해야 할 것은 해야 한다 .'이다. 아이들은 자신의 학습 스트레스를 풀기 위해 선생님들에게 수많은 요구 사항을 이야기할 것이다. '더운 여름 아이스크림이 먹고 싶어요. 오늘은 공부하기 싫어요. 해줘요. 싫어요. 안 할래요.' 등등…. 때문에 우리는 아이들에게 해야 할 것은 반드시 하고 자신이 요구하는 사항을 이야기할 수 있도록 '의견 말하기 개별 시간'을 마련하였으며 개인별 의견 및 아이들 공동의 요구 사항은 선생님들과 아이들이 서로 협의하고 토론하여 서로 발전할 수 있는 방향의 Rule로 점점 발전되었다. 간혹 원에 처음 들어온 아이가 공부방의 Rule이 마음에 들지 않는다며 불만을 표시한 적이 있었는데 아이러니하게도 공부방을 다니는 아이들은 그 아이를 설득하느라 진땀을 흘리는 모습을 가끔 목격하곤 한다.

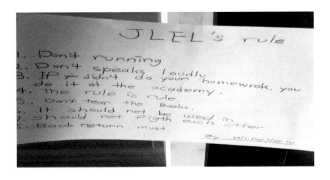

(귀여운 초등 3학년 아이가 만든 새로운 공부방 Rule)

그 이유는 과연 무엇일까……?

다양한 Activity

　우리 공부방의 활동들은 참 다양하다. 왜냐하면, 영어 공부의 근본을 엄마표로 두었기 때문이다. (사실 개인적으로 '엄빠표'라고 정의하고 싶다) 아이들은 각자 다양한 성향을 가지고 있다. 그렇기 때문에 이 친구들은 자신만의 다양한 성향들을 표출하려 다양한 의견들을 제시한다. 우리는 아이들의 의견을 한데 모아 현재 상황에서 실현 가능한 것을 추려내고 아이들만의 창의적이며 독창적인 생각들을 현실화할 수 있도록 아이와 함께 계획하며 실행한다. 또한 아이들의 의견을 들어주기 곤란한 상황인 경우 일을 진행하지 못하는 상황에 대해 충분히 이야기하고 샘의 기억 노트(메모장)에 관련 내용을 직접 적게 하여 차후 기회가 생겼을 때 아이들이 기록한 순서대로 활동들을 진행한다.

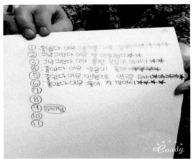

(원서 낭독 대회 / 대회 개별 점수표)

아이들은 각각 자신의 그릇에 맞는 충분한 Input이 채워지면 그 Input을 기반으로 다양한 형태의 Output을 표출하고 싶어 한다. 더불어 이 시기는 바로 아이가 영어를 배움에 있어 한 단계 더 발전할 수 있는 내적 동기가 유발되는 시기이기에 선생님들은 이때를 충분히 활용하여 아이들이 영어를 통해 재미있는 활동을 할 수 있도록 옆에서 도와주고 응원하며 칭찬해주길 당부한다.

(영어 원서 만들기 대회/영어 만화 그리기 대회)

(영어 낙서 시간)

(영어 원서 주인공 만들기)

(Cooking Day)

 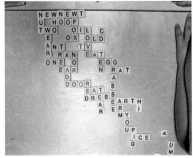

(영어 게임을 통한 단어 학습)

(할로윈 행사)

 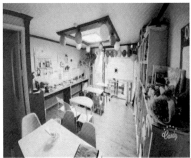

(달란트 파티)

(책의 내용을 연극으로 따라 하기 위해 아이들이 스스로 만든 소품들)

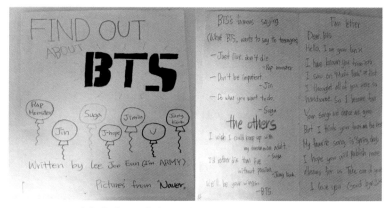

(자신이 좋아하는 가수를 소개한 영어책)

우리는 아이들의 다양한 의견들을 참고하여 영어와 관련된 여러 활동을 준비했으며 그중 아이들을 가장 설레게 했던 활동 한 가지를 설명하며 글을 마무리하도록 하겠다.

이 활동은 바로 아이들이 인천공항에 방문하여 각 나라의 외국인들을 상대로 한국에 대한 설문 조사를 하는 것이며 이 활동 역시 아이들의 창의적인 아이디어로 탄생하게 되었다. 더불어 이 활동은 아이들이 제일 두려워하는 활동이지만 반대로 제일 흥미 있어 하는 활동이기도 하다.

(각 나라 외국인들에게 설문조사를 하는 아이들의 모습)

공항에 방문하기 전 아이들은 외국인들에게 질문할 내용을 생각하고 그중 적절한 질문들을 선별하여 역할놀이를 진행했으며 우리는 이것을 숙제로 활용하여 아이들이 가정에서 부모님들과 함께 연습할 수 있도록 하였다. 이제 어느 정도 연습을 마친 아이들은 서로 조원과 조장을 선발하고 조장들은 각각의 조원들에게 질문할 내용을 선택할 기회를 주며 팀별로 연습을 진행하고 연습을 마친 아이들은 인천공항을 방문하여 간단한 유의 사항을 전달받은 후 조별로 흩어져 외국인들과 대화를 시작하였다. 더불어 서로의 대화 내용은 외국인들의 동의를 얻은 후 녹음 및 영상을 촬영하였으며 설문 조사가 끝난 아이들은 감사의 표시로 외국인들에게 한국의 문화가 담긴 선물들을 전달하며 기념 촬영을 하였다. 사실 처음 이 활동을 시작하며 적잖은 걱정을 했지만, 아이들은 우리의 걱정과는 달리 자신들이 해야 할 일들을 알아서 척척 진행하였으며 아이들은 이제 집에 가야 할 시간임에도 불구하고 외국인들과 더 대화하기 위해 이리저리 공항을 돌아다니고 있었다.

　나는 이 활동을 통해 아이들은 믿는 만큼 자란다는 것을 다시 한번 경험하게 되었으며 만약 공부방에 원어민들의 도움이 필요하시다면 선생님들은 아이들과 함께 세계 여러 나라의 외국인들을 만날 수 있는 장소를 방문해 보시기를 추천한다. 이와 관련하여 한 가지 이야기하고 싶은 것은 아이들이 자기 생각을 이야기하면서 처음부터 완벽한 영어 문장을 말하기 위해 과도한 노력을 기울일 필요는 없다고 생각한다. 더군다나 초등 아이들이라면 더욱더 말이다. 물론 아이가 영어로 말을 함에 있어 처음부터 완벽한 영어 문장으로 이야기하는 것이 모두의 목표이긴 하겠지만 처음부터 완벽함을 추구하기보단 과정을 통해 완벽함을 완성해 나가는 과정이 필요하다고 생각된다. 더불어 이 활동을 통해 우리가 가장 인상 깊었던 장면은 바로 대부분 외국인은 아이가 자기 생각을 끝까지 이야기할 수 있도록 아이의 눈을 바라보며 격려하고 응원하는 모습들이었으며 나는 이런 외국인들의 모습을 통해 아이들이 영어를 배워야 하는 이유에 대한 내적 동기가 무럭무럭 자라나길 바란다.
　아이들이 영어로 외국인들과 대화하기 전 가장 먼저 선행되어야 할 것이 있다. 그것은 바로 아이들의 마음가짐이다. 이와 관련하여 한 가지 예를 들면 초등 아이들은 아직 어른들과 대화하는 것이 익숙하지 않다. 하물며 어른들 또한 난생처음 보는 다른 사람들과 이야기를 나눈다는 것은 그리 쉬운 일인가? 때문에 우리는 평소 아이들의 마음 근력(회복 탄성력)을 키워주기 위해 아이들에게 항상 이야기하는 것이 있다.

"틀려도 괜찮아. 완벽하지 않아도 괜찮아."

"과정을 통해 조금씩 발전하는 것이 가장 중요해."

"너희들은 조금씩 발전하고 있고 매일 매일 잘하고 있어."

마음 근력은 마틴 셀리그만의 긍정심리학이라는 책에서 나온 개념이며 회복 탄성력(Resilience)이라고도 불린다.

- 마음 근력(회복 탄성력) -

인간이 수많은 삶의 도전에 직면했을 때 다시 일어설 수 있는 내면적 근성을 바탕으로 하는 인간의 능력을 뜻한다.

모든 아이는 영어를 배움에 있어 분명 여러 차례 슬럼프가 존재한다. (심지어 어른들조차 그렇지 않은가) 때문에 이 시기를 빨리 극복하기 위해 필요한 것은 바로 아이들의 회복 탄력성(마음 근력)을 키우는 것으로 생각하며 영어를 배우는 과정에서 느끼는 크고 작은 역경과 시련, 실패에 대해 어른들은 아이들을 항상 격려하고 응원하며 많은 칭찬을 해 주기를 당부한다.

교육의 복병
사춘기

  아이마다 각각의 개인차가 있긴 하지만 요즘 아이들의 사춘기 시작은 대부분 초등 3~4학년부터 시작되며 학년이 늘어날수록 아이들은 일 춘기, 이 춘기, 삼 춘기의 기운을 조금씩 내비치기 시작하며 마침내 사춘기라는 포스를 내뿜기 시작한다. 사실 예전 70~80년대만 하더라도 사춘기의 시작은 대부분 중학교 1~2학년부터 시작되었지만 요즘 같은 시대를 사는 아이들의 사춘기 시기가 빨라진 이유는 과연 무엇일까? 이에 대한 내 개인적인 생각으로는 Text 세대, Video 세대의 환경 변화로 인해 전두엽의 발달 과정이 점점 느려지고 있기 때문이라 생각된다. 요즘 초등 아이들은 예전과는 달리 정말 바쁘게 살아가고 있다. 때문에 이런 아이들이 책을 읽고 생각할 시간(생각을 통한 전두엽의 발달 과정)을 갖는다는 것은 어찌 보면 사치라는 생각이 든다. 또한 아이들은 자신의 스트레스를 해소하기 위해 스마트한 기기들을 사용하여 스트레스를 해소하고 있지만 스마트한 기기들은 이런 아이들의 행위들을 Data 화하여 스마트한 기기만 더 스마트해지는 세상이 만들어지고 있다. 때문에 많은 교육 연구가들은 아이들이 책을 통한 간접경험과 직접 경험을 통해 자신만의 그릇을 만들고 키워나가는 과정의 시간이 필요하다 이야기한다.

  하지만 현실은 어떠한가. 아이들은 학년이 늘어날수록 학교에서 해야 할 일들이 점점 많아지고 있으며 그에 따라 자신이 다니는 학원의 개수도 점점 증가하고 된다. 때문에 초등 3~4학년 시기의 아이들은 학업 스트레스 증가로 인해 스마트폰(스마트 기기)으로 자신의 스트레스를 해소하고 있으며 그로 인해 사춘기의 시작이 점점 빨라지고 있다.

요즘 초등 3~4학년 아이들은 사춘기의 시작과 더불어 짜증 섞인 말투와 행동으로 선생님, 학부모님들을 곤혹스럽게 만든다. 때문에 선생님들께서는 아이들의 사춘기 혹은 심리에 관한 책들을 통해 아이들의 사춘기에 대비하시기를 당부하며 이 지식은 후에 사춘기 아이들을 둔 학부모님들을 상담할 때 많은 도움이 되리라 생각된다. 사실 나 또한 아이들의 사춘기에 대해 그리 잘 알지 못했지만, 아이들의 심리에 관한 책들 그리고 그동안의 경험을 통해 어느 정도 사춘기 아이들을 이해하게 되었다.

사춘기는 병이 아니다. 그것은 단지 아이들이 성장하는 과정에서 발생하는 호르몬 변화로 인해 생기는 증상이니 전적으로 아이들의 잘못은 없다. 이와 관련하여 예전에 읽었던 한동대 법대 김두식 교수님의 '불편해도 괜찮아'라는 책에서는 사춘기를 이렇게 정의하였다. '지랄은 마구 법석을 떨며 분별없이 하는 행동을 속되게 이르는 말로, 지랄 총량의 법칙은 사람이 살면서 평생 해야 할 '지랄'의 총량이 정해져 있다는 의미이다.' 또한 '시민들을 위한 싱크탱크' 희망제작소의 유시주님은 '모든 인간에게는 평생 쓰고 죽어야 하는 '지랄'의 총량이 정해져 있다고 하였으며 어떤 사람은 그 지랄을 사춘기에 다 떨고, 어떤 사람은 나중에 늦바람이 나기도 하지만 어쨌거나 죽기 전까진 반드시 그 양을 다 쓰게 되어 있다.'라는 이야기를 했다.

그렇다. 사춘기란 바로 이런 것이다. 더불어 이 시기의 아이들을 상대하는 학부모님들은 아이들을 양육하면서 첫 번째 고비를 맞는 시기이기도 하다. 그동안 나는 사춘기를 겪고 있는 많은 아이를 경험하며 마음의 수련을 쌓기 위해 심리, 사춘기에 관련된 책들을 읽던 중 유독 나의 눈길을 끌던 책의 글귀가 있어 이 글을 여러분들에게 소개하고자 한다.

'사춘기 아이들의 행동에 대한 결과는 아이의 유아, 초등 시절 부모님들이 아이들에게 했던 일들을 다시 부모님들에게 복수하는 시기이기도 하다. 때문에 사춘기 아이들을 부모의 넓은 마음으로 받아주지 않는다면 후에 그 복수는 배가 되어 돌아올 것이다. 만약 아이의 유아, 초등시절 부모님들이 아이에게 많은 사랑을 주었다면 아이는 후에 더 많은 사랑으로 복수 할 것이며 사랑이 아닌 다른 것을 주었다면 아이는 후에 그 다른 것을 통해 더 많은 복수할 것이다.'

중, 고등 아이들은 자신의 감정을 이해하고 다스리는 것이 어느 정도 가능하지만, 초등 아이들은 자신의 감정을 이해하고 표현하는 것이 다소 서툴기 때문에 말보다는 주로 그림, 표식 등으로 자신의 현재 마음을 표현한다.

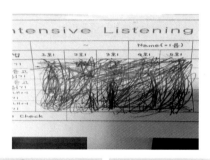

(사춘기 아이들의 여러 신호들)

이 때문에 사춘기 시기의 초등 아이들에게는 무엇보다 아이들의 마음을 헤아려 주는 것에 초점을 맞추어야 하며 선생님들은 학부모님들과의 상담을 통해 원과 가정에서 아이에 대한 정보를 서로 교환하고 연계하여 아이의 흐트러진 마음을 다잡을 수 있도록 도와주어야 한다. 물론 사교육 선생님들 입장에서는 이 과정이 좀 귀찮다고 생각할 수도 있겠지만 사춘기 아이들과 함께 수업을 진행하면서 아이가 전혀 공부할 마음이 없다면 그 결과에 대한 방향성은 과연 어디를 향하게 될 것인가? 아이를 내보내고 다른 아이들을 받으면 될까? 이 질문에 대한 선택은 각자의 몫으로 남기도록 하며 다음 글을 이어가도록 하겠다.

사춘기 아이들은 가끔 자신의 사춘기를 핑계로 선생님들의 울타리를 무너트리려는 행위를 시도하기도 하며 이런 아이들의 행동들을 흔한 사춘기의 증상이라 생각하고 대수롭지 않게 넘어간다면 그 아이는 반복적으로 선생님들의 울타리를 무너트리려 할 것이다. 아이의 잘못된 행동에 대해서 한 번쯤 은 엄격하게 이야기해 주어야 다음부터는 함부로 선생님들의 울타리를 무너트리려 하는 행동을 하지 않을 것이다. 단 여기서 주의할 것은 아이가 잘못한 점에 관해서만 이야기하는 것이 가상 중요하다. 한마디로 길게 잔소리할 필요 없다는 이야기이다.

왜냐하면 아이는 이미 자신의 행동이 잘못되었다는 것을 알고 있으며 또한 길게 이야기한들 한 귀로 듣고 한 귀로 흘릴 것이 분명하기 때문이다. 이와 관련하여 사춘기 아이들의 칭찬과 벌에 대한 뇌의 반응 형태를 조사한 데이터에 의하면 8~9세 아이들은 벌보다는 칭찬에 더 활발한 두뇌 활성화 반응을 보이며 13세(사춘기)를 기점으로 칭찬에 대한 두뇌 활성화 반응이 점점 사라진다고 한다. 때문에 8~13세 이전 아이들은 벌(잔소리, 훈계)보다는 칭찬이 더 효과적이며 13세 이후의 아이들(사춘기 아이들)은 칭찬에 대한 보상의 뇌가 활성화되지 않기 때문에 칭찬과 벌(잔소리, 훈계)이

큰 효과를 발휘하지 않는다고 이야기이다. 그 때문에 사춘기 시기의 아이들을 가르치는 선생님들 혹은 학부모님들께서는 사춘기 혹은 심리에 관한 책들을 읽으며 자신의 마음을 수련하고 이 시기가 무사히 지나가길 바라 야 한다. 다시 한번 말하지만, 사춘기 아이들은 더는 잔소리가 통하지 않는다.

(사춘기 아이들에 관한 다양한 책들)

이렇듯 사춘기 아이들을 상대하는 것은 선생님들과 학부모님들에게 있어 정말 힘든 시기이긴 하지만 이런 아이들과 돈독한 관계를 유지하는 방법 또한 존재한다. 그 방법은 바로 사춘기 아이들과 친구가 되는 것이다.

혹시라도 '선생님은 선생님이고 학생은 학생이야. 학생은 무조건 선생님 말씀을 들어야 해.'라는 생각을 하신다면 다시 한번 생각해 보시기를 당부한다. 그 이유는……. 중증 사춘기 아이들 몇몇을 상대해 보신다면 이에 대한 답을 찾을 수 있으리라 생각되며 다음 글을 이어가도록 하겠다.

그러면 사춘기 아이들과 친구가 되는 방법은 무엇이 있을까?
먼저 남자아이들을 예로 들어보자. 초등 사춘기 남자아이들은 대부분 게임 (스마트폰, 컴퓨터)을 정말 좋아한다. 아니 사랑한다. 사실 컴퓨터 1세대인 나 또한 8bit 애플 컴퓨터를 시작으로 다양한 종류의 컴퓨터를 다루었으며 컴퓨터가 업그레이드될수록 점점 다양한 게임들을 진행하며 게임에 세계에 빠진 적이 있었다. (물론 게임만 한 것은 아니었으며 컴퓨터를 통해 지난 16년간 회사에 다닐 수 있게 되었다) 예전 8~90년대 컴퓨터 게임 언어는 대부분 영어 혹은 일본어로 되어 있었으며 게임을 클리어하기 위해서는 게임에 등장하는 각종 언어를 이해해야만 했다. 물론 게임 공략집이 등장하면서부터 그 수고가 사라지긴 했지만, 게임을 진행하기 위해 나는 반강제로 영어, 일본어를 공부해야 했으며 영어로 작성된 게임 매뉴얼을 일일이 번역하여 게임을 진행한 적이 있었다. 지금 생각하면 참 별것도 아닌 것에 내 열정을 쏟았구나 하는 생각이 들지만, 아무튼 그 당시 나의 관심사는 공부보다는 게임이 우선이었다. 이와 관련하여 요즘 중등 남자아이들과 게임에 대해 대화를 하며 느낀 점이 있다면 남자아이들이 게임을 하는 이유는 예전이나 지금이나 변함이 없구나 하는 생각이 든다.

  80~ 90년대 나름 유명했던 컴퓨터 게임들을 섭렵한 경험자로서 요즘 게임 방식에 대해 잠깐 이야기하자면 요즘 게임은 캐릭터 활동에 대한 즉각적인 보상 시스템을 도입하여 아이들이 더욱더 게임에 집착하는 경향이 있으며 이로 인해 아이들은 손쉽게 접할 수 있는 스마트 폰을 통해 자신도 모르는 사이에 점점 게임에 중독되고 있다는 생각이 든다. 물론 시대가 변해가는 과정의 흐름이기에 어쩔 수 없다고 생각하실 수도 있겠지만 사실 스마트폰의 본고장인 미국에서조차 'Unplugged Day' 활동을 통해 전자기기의 사용을 제한하자는 목소리가 점점 커지고 있으며 미국 실리콘밸리의 유명한 CEO들은 자신의 아이들을 가르침에 있어 어찌 보면 구식이라 할 수 있는 독서를 통해 아이들을 가르치고 있다는 것에 대해 한 번쯤은 고민해 봐야 할 일이라 생각한다. 남자아이들은 게임의 주인공 이름부터 시작하여, 게임 방법, 캐릭터 레벨 업그레이드 방법, 게임의 Bug 이용 방법 등 게임에 대한 모든 것들을 알고 있으며 공부를 게임 하듯 했으면 아마 동내에서 영재라는 소리를 한

번씩은 들었을 만한 친구들이 한둘이 아닐 거란 생각이 든다. 이렇듯 아이들이 게임을 사랑하게 된 이유는 과연 무엇일까? 그 이유는 바로 아이들의 손에 스마트 폰이 하나씩 쥐어져 있기 때문이며 이것은 마치 '몸에서 멀어지면 마음도 멀어진다.'라는 이야기의 반대 개념과 일치한다 생각된다. 이와 관련하여 위에서 잠시 언급한 이야기를 좀 더 자세히 이야기하자면 컴퓨터 운영체제 'Windows'를 개발한 빌 게이츠는 현재 두 자녀를 두고 있으며 두 아이 모두 14세가 될 때까지는 스마트 기기를 사용할 수 없었다고 하며 아이폰의 창시자 스티브 잡스 또한 그의 아이들에게는 스마트기기 사용을 되도록 멀리하고 하고 책을 보도록 하였다고 한다.

그 이유는 바로 아래와 같다.

- 사고(생각)하는 힘은 바로 책과 대화에서 나온다는 믿음
- 기술의 위험을 먼저 겪어 봤기 때문에
- 창의성은 결국 아날로그에서 나온다는 믿음

그뿐인가, 미국 실리콘 밸리의 유명한 IT CEO들, 전 세계에서 가장 유명한 몇몇 할리우드 배우들은 스마트기기를 전혀 사용하지 않은 발도로프 학교에 자신들의 아이를 보낸다고 하며 그 학교의 한 해 수업료는 무려 1만 7,750달러(한화 2,000만 원)가 넘는다고 한다. 그럼 왜 그들은 자신의 아이들을 이런 학교에 보내는 것일까?

- 발도로프 학교-

발도로프 학교는 개개인의 개성과 차이를 존중하여 우열을 가리지 않고 시험 등으로 줄 세우기를 하는 일이 전혀 없다고 한다.

또한 모든 수업은 오프라인 방식(책을 읽고 연필로 글을 쓰는 방식, 아이들과 함께 하는 활동 등)으로 진행되며 발도로프만의 특별한 교육과정을 통해 아이들이 삶의 목적과 방향을 스스로 찾는 자유로운 인간으로 성장하는 것을 목표로 하고 있다.

스마트 기기와 관련하여 한 가지 경험을 이야기하자면 예전 스마트 기기를 정말 사랑하는 아이들과 함께 수업을 진행한 적이 있었는데 그 아이들은 대부분 글을 쓰는 행위 자체를 정말 싫어했으며 스마트 기기를 이용한 학습에는 크게 불만 없이 그럭저럭 학습을 진행하였다. 때문에 나는 이 친구들에게 스마트 기기를 통한 학습을 진행하려 했지만, 연필로 글을 쓰는 횟수를 줄이는 방법을 통해 아이들이 책을 읽고 글을 쓰는 행위에 대한 스트레스를 그나마 덜 받을 수 있도록 배려하며 기존의 수업을 이어갔다. 사실 스마트 기기를 사용하여 아이들을 학습시키는 것은 선생님 입장에서는 훨씬 편할 수 있다. 하지만 윗글에서 언급한 빌 게이츠, 스티브 잡스, 미국 실리콘 밸리의 유명한 IT CEO들은 모두 IT 기기의 선두주자 임에도 불구하고 왜 자신의 자녀들에게는 독서를 강조할까? 이 글은 이미 위에서 한번 언급된 내용이지만 중요한 내용이기에 다시 한번 관련 내용을 이야기하도록 하겠다.

2016년 하버드 의대 교수 페리 칼라스, 워싱턴 대학의 버지니아 심리학과 버닝 거 교수의 실험 결과에 따르면 학부모님들은 아이가 공부함에 있어 글을 쓰던, 스마트 기기를 이용하던 어떻게 공부해도 별 관계 없을 것으로 생각하지만 사실 아이들의 뇌는 말 그대로 종이에 글씨를 쓰면서 자란다고 한다. 이와 관련하여 플로리다 대학의 로라 다인 하트 교육학과 교수는 미국 초등 3학년 학생 144명을 대상으로 한 조사에서 4살 무렵부터 손글씨를 꾸준히 써왔던 학생들의 95%가 그렇지 않은 학생들에 비해 성적이 평균 30% 높았으며 복잡한 일들을 간편하게 정리해내는 정리 기술(Executive Function)능력 또한 더 높게 나타났다고 한다.

이렇듯 독서와 손글씨는 아이들의 교육에 있어 정말 중요한 역할을 함에도 대부분의 아이 손에는 적어도 하나 이상의 스마트 기기가 쥐어져 있으며 아이들은 스마트 기기를 통해 더 스마트해 지려 하지 않는 상황이 발생하고 있다. 물론 아이들이 스마트 기기의 훌륭한 기능들을 슬기롭게 사용한다면 문제가 없겠지만 불행히도 우리 아이들은 아직 스마트한 기기를 스마트하게 사용하는 방법을 아직 알지 못한다.

그렇기 때문에 아이들에게 올바른 스마트기기 사용법을 알려주고 이를 관리하기 위한 다양한 방법들을 활용하길 당부한다. 물론 이미 스마트 기기의 맛을 알아버린 아이들은 자신이 가장 좋아하는 것을 사용하지 못하도록 제한하는 것에 대해 불만을 이야기할 것이다. 그럴 경우 부모님들은 아이들과 함께 스마트 기기 사용에 대한 규칙을 정하고 어른들과 아이들이 함께 규칙을 지킬 수 있도록 노력하길 당부한다.

이와 관련하여 한 가지 경험담을 이야기하자면 내 지인 중 한 명은 아이들과의 스마트 기기 사용 규칙을 지키기 위해 늦은 저녁시간 아이들 몰래 이불을 뒤집어쓰며 스마트 기기를 사용한다고 하였다. 그 이유는 한번은 늦은 저녁 시간 아이들을 재우고 스마트폰으로 게임을 진행 중 갑자기 낯선 인기척을 느껴 뒤를 돌아보니 아이가 자신의 모습을 바라보며 규칙을 어겼다고 큰 소리로 이야기를 하고 있었다고 했다. 때문에 그 친구는 아이들과 함께 다시 규칙을 만들어야 했으며 저녁 시간 아이들이 자는 것을 재차 확인후 아이들의 방에서 이불을 뒤집어쓰며 스마트폰 게임을 진행한다 이야기했다. (현재 글을 쓰고 있는 나 또한 이 과정에 대해 항상실패하고 다시 반성하며 계속된 행동을 진행 중이다) 이렇게 책의지면을 빌어 스마트 기기 사용에 대한 내용을 정리한 이유는 다름아닌 사춘기 아이들의 가지치기 효과(쓰는 대로 달라진다.) 때문이다.

사춘기 아이들의 뇌를 분석한 자료에 의하면 아이들의 뇌에 분포된 시냅스는 (두 신경세포 사이나 신경세포와 분비세포, 근육세포 사이에서 전기적 신경 충격을 전달하는 부위) 일정 기간 대폭 늘어나며 뇌 속의 여러 뉴런(신경 세포)들은 연결망을 확장 시킨 후 어느 순간부터 점점 줄어들기로 한다. 때문에 청소년기에 자주 사용하는 뇌 신경 망은 점점 발달하고 그러지 않은 뇌 신경 망은 가지치기를 통해 점차 사라지게 된다. 때문에 이 시기(시냅스가 늘어나는 시기)의 사춘기 아이들에게 있어 스마트 기기의 사용은 양날의 검이 될 수 있으니 아이들의 절제를 담당하는 전두엽이 어느 정도 발달할 때까지는 스마트 기기 사용에 대한 적절한 관리가 필요하다고 생각된다.

그러면 다시 사춘기 아이들과의 돈독한 관계를 유지하는 방법에 관해 이야기를 이어가도록 하겠다.

초등 고학년 남자아이들의 대화는 대부분 게임으로 시작해서 게임으로 끝난다 해도 과언이 아닐 것이다. 때문에 초등 남자아이들과 친하게 지내기 위해선 선생님들도 어느 정도 게임에 대해 알아야 한다.

이와 관련하여 한 가지 경험담을 이야기하자면 나는 가끔 사춘기 남자아이들과 수업 전 게임에 대한 이야기를 진행하며 아이들에게 현재 자신의 클래시 로얄 Arena 레벨을 묻는 순간 아이들은 마치 속사포처럼 자신의 게임에 관해 이야기를 시작한다. 그럼 나는 아이들과 함께 게임에 관해 이야기하며 Arena는 한글로 무슨 뜻인지 Clash, Royale, Free, Chest 등은 한글로 무슨 뜻인지, 철자가 어떻게 되는지 마치 수수께끼 하듯 물어보며 게임에 등장하는 영어 단어의 한글 의미를 깨닫게 한다.

"너희들 클래시 로얄 경기장 레벨이 몇이야??"
"경기장 레벨이 뭔데요?"

"너희들이 클래시 로얄 게임 이야기할 때 말하는 Arena의 한글 뜻이 경기장이야."

아이들과 게임에 관해 이야기하는 시간은 2분이면 충분하며 선생님도 가끔 스트레스를 받으면 일주일에 한두 번 정도 게임을 진행한다고 솔직히 이야기하는 것만으로도 사춘기 남자아이들과 좋은 관계가 유지된다.

이렇듯 사춘기 남자아이들은 비교적 단순하기 때문에 어느 정도 다루기가 쉽지만, 여자아이들은 남자아이들과는 전혀 상황이 다르다. 때문에 나는 사춘기 여자아이들을 이해하기 위해 존 그레이 작가의 '화성에서 온 남자 금성에서 온 여자'라는 책을 다시 한번 읽게 되었으며 사춘기 아이들의 심리에 관한 여러 권의 책들을 읽으며 과연 여자란 무엇인가에 대해 깊은 성찰을 하게 되었다. 하지만 사춘기 여자아이들을 책으로 이해하는 것은 절대 불가능하단 생각이 들어, 나는 아이들에게 여러 가지 실험을 진행하며 나만의 노하우를 쌓기 시작했다. 그러던 어느 날 우연히 사춘기 여자아이들이 열광하는 것에 대해 알게 되었고 나는 후에 있을 달란트 파티를 위해 사춘기 아이들을 위한 몇 가지 특별한 소품들을 준비하였다.

(사춘기 아이들을 위한 달란트 파티 선물)

　사춘기 아이들의 선물을 준비함에 있어 가장 중요한 것은 아이들이 정말 원하는 것을 파악하는 것이다. 도깨비 드라마에 빠진 친구, 축구를 좋아하는 친구, 방탄소년단(BTS)을 좋아하는 친구 등 사춘기 아이들은 정말 다양한 취향을 뽐내며 달란트 파티 선물을 준비하는 우리를 당황하게 하였지만 사실 그 당황함은 우리에게 있어 정말 즐거운 고민이었고 선물을 준비하는 과정을 통해 우리는 무엇인지 모를 뜨거운 열정들이 다시 살아나게 되었다.

　나는 사춘기 아이들의 달란트 파티 선물을 위해 기아 자동차 대리점을 아홉 군데나 방문하여 공유 친필 사인이 담긴 포스터를 준비했고 축구를 정말 좋아해 자신이 좋아하는 해외 축구팀 선수단의 선수 이름을 모조리 외운 남자아이를 위해 유럽 축구 최신판 영어 잡지를 준비했으며, 방탄 소년단을 사랑하는 아이를 위해 무려 석 달 동안 방탄소년단 공식 홈페이지를 방문하여 Light Stick (아미밤) 을 구매하였다.

　나는 아이들이 정말 좋아하는 것이 있다는 것, 사랑하는 것이 있다는 것이 참 보기 좋다. 왜냐하면 아이들은 자신이 좋아하고 사랑하는 것에 대한 열정이 있기 때문이다. 이와 관련하여 한 가지 경험을 이야기하자면 나는 가끔 'Lingbe' 라는 앱(app)을 통해 한국말을 배우려 하는 전 세계 여러 나라 사람들과 다양한 주제로 이야기를 나눈 적이 있었으며 이 앱(app)을 통해 브라질, 알제리, 독일, 프랑스, 터키, 중국, 프랑스 등등 각 나라의 교육 환경을 알게 되었다. 특히 17살 독일 친구 Mimi는 자신의 나라에서 학원에 다니는 친구는 공부를 못하는 아이들이라 이야기하며 여러 학원에 다니는 한국 아이들이 정말 대단하다는 이야기를 하였다.

(Lingbe 앱(app)을 통한 전 세계 사람들과의 대화 장면)

그들은 이제껏 자신이 연습한 한국말을 실제 한국 사람인 나와 함께 이야기하며 서로 소통의 기쁨을 나누었고 나는 이들에게 이토록 열심히 한국말을 공부하는 이유를 물어보며 한 가지 공통점을 찾게 되었다. 그들은 모두 한국말을 배우기 위한 자발적인 내적 동기가 있었다는 것이며 그 내적 동기의 시작은 바로 자신들이 좋아하고 사랑하는 것으로부터 출발하였다. 또한 그들은 그 동기를 더욱더 발전시키기 위해 스마트한 기기를 스마트하게 사용하며 자신을 더욱 발전하게 하는 계기를 만들었고 나 또한 그들의 열정을 느끼며 서로 도움을 받는 관계가 되었다.

- BTS(방탄소년단)를 좋아해서 아니 사랑해서 BTS의 한국 노래를 수백 번 듣고 따라 말하며 불과 4개월 만에 한국말을 유창하게 말하던 17살 알제리 고등학생.

- 드라마 도깨비를 좋아해 해당 드라마를 수십 번 시청하며 한국말을 배운 21살 터키 대학생.

- 우연히 한국에 대한 책과 영상을 보고 한국이 궁금해 그에 대한 여러 책과 영상을 보며 한국말을 배운 17살 독일 고등학생.

내가 그들과 대화하며 정말 놀라웠던 것 중 하나는 그들은 자신들의 어눌한 한국말을 부끄러워하지 않고 좀 더 적극적인 자세로 한국말을 배우려 했으며 모두 한국을 방문하고 싶다는 공통된 꿈을 가지고 있었다.

나는 이 앱(app)을 통해 프랑스에서 대학을 다니는 Anis 라는 친구에게 6개월간 한글을 알려주었으며 얼마 전 이 친구가 학교를 졸업하고 한국을 방문하여 우리는 이 친구와 함께 인천의 명소인 차이나타운을 방문하여 여러 박물관을 소개해 주었으며 관광이 끝난 후 나는 우리와 함께 영어를 공부하는 아이들에게 프랑스에 관해 이야기해 줄 수 있냐는 제안을 하였고 Anis는 그 제안을 흔쾌히 수락하며 아이들과 함께 즐거운 시간을 나누었다.

(프랑스 친구 Anis와 함께 일일 수업을 진행 중인 아이들)

(인천 차이나타운 방문)

우리는 아이들에게 달란트 파티 선물들을 그냥 주는 것은 아니다. 아이들은 선물의 가치에 맞는 달란트를 준비해야 하며 달란트를 받기 위해서는 공부방의 Rule에 맞는 학습을 진행하여야 한다. 우리는 이런 과정을 통해 아이들에게 세상이 돌아가는 원리 즉 경제관념을 조금이나마 터득할 수 있도록 환경을 조성하며 자신들이 그토록 원하던 물건들을 우리가 어떻게 구했는지에 대한 과정을 이야기함으로써 이처럼 원하는 것을 얻기 위해서는 노력이라는 것이 필요하다는 것을 직, 간접적으로 알려주었다. 이와 별개로 공부에 대한 내적 동기가 충분히 형성되어 있는 아이들에게는 학습에 대한 중간 목표와 더불어 하루하루 세부적인 목표를 이룰 수 있도록 다양한 방법들을 제시하여야 한다. 이처럼 우리는 아이들이 영어를 배움에 있어 영어 이외에 외적인 부분(절실함과 노력 그리고 열정(Grit))에 대해 스스로 알아갈 수 있도록 도움을 주고 있다.

(초등학교 풍경)

여기 한 장의 사진이 있다.

　마침 초등학교에 볼일이 있어 학교 정문 앞을 지나던 중 한 아이의 실내화 가방이 운동장 그늘막 위에 올라가 있는 것을 보게 되었고 밖은 비가 많이 오고 있었다. 아이는 운동장 그늘막 위에 있는 자신의 실내화 가방을 꺼내기 위해 이것저것 다양한 시도를 하던 중 어디선가 갑자기 긴 장대를 가져온 선생님께서 비를 맞으며 아이의 실내화 가방을 꺼내주곤 다시 교실을 향해 발걸음을 옮겼다. (아이의 실내화 가방이 왜 운동장 그늘막 위에 올라갔는지에 대해서는 각자 상상에 맡기도록 하겠다)
　이 광경을 지켜본 나는 선생님의 존재 이유를 다시 한번 확인하게 되었으며 이 모습을 기억하고자 사진을 찍게 되었다.

　각종 마케팅, 설명회를 통해 처음 원에 들어온 원석 같은 아이들을 열심히 가르치다 보면 어느 순간 공부방을 가득 채운 아이들을 경험할 것이다. 더불어 아이들이 늘어나는 시기는 공부방 위치 및 주변 환경, 초기 구성원 학부모님들의 입소문, 각종 마케팅 수단, 운 등등 다양한 변수들의 복잡한 작용에 기인한 운이 필요하기 때문에 공부방을 처음 시작하는 시기의 선생님들은 각종 마케팅 수단을 활용하여 시간이 날 때마다 자신의 공부방을 꾸준히 알려야 한다.

　한번은 공부방 관련 커뮤니티 글에서 아이들을 모집하기 위해 전단지 15,000장을 돌려 상담 전화 3통, 등원 1명의 결과를 얻었다는 이야기와 함께 기대만큼의 성과가 나오지 않아 실망했다는 글을 본 적이 있다.

　나는 이분의 글에 깊은 공감을 하였다. 왜냐하면 나 또한 이런 경험이 있었기 때문이다. (추운 겨울날……. 정말 힘들었다) 그래서 나는 전단지를 활용하기보단 지금 공부방에 있는 아이들에게 좀 더 집중하기로 했다. 예를 들어 더운 여름날 아이들을 위해 가끔 아이스크림도 사주고, 학교 행사 후 공부방을 등원하는 배고픈 아이들을 위해 순대, 떡볶이, 튀김 등을 함께 먹으며 아이들과의 유대관계를 높이는 전략을 펼쳤으며 이 방법은 후에 놀라운 결과로 다가왔다. 하지만 이런 간식 이벤트를 자주 진행하면 아이들은 좋아하겠지만 선생님들은 십중팔구 후회를 하게 될 것이 분명하기에 간식 이벤트는 한 달에 한 번 혹은 특별한 날을 정해 진행하기를 당부한다. 또한 모든 간식 이벤트에는 꼭 단서를 달도록 하자. 왜냐하면 계속된 배려는 결국 의무가 되어 버리는 아이러니한 상황을 맞이할 수도 있기 때문이다.

설명회

　설명회에 대한 이야기는 위에서 한번 언급된 내용이지만 중요한 부분을 놓친 것 같아 복습 차원에서 다시 한번 글을 정리하도록 하겠다. 설명회는 아이들을 모집하는 데 있어, 가장 중요한 역할을 한다. 때문에 선생님들께서는 공부방 오픈 설명회를 통해 자신의 모든 역량을 보여주길 당부한다.

(초창기 공부방 설명회 모습)

　오픈 설명회 시작 2주 전에는 학교 정문 혹은 아파트 입구에서 전단지를 활용하고, 학교 근처 문방구, 편의점, 분식점 사장님과의 친분을 활용하여 각각의 장소에 전단지를 활용하도록 하자. 또한 설명회 1주일 전에는 팝콘 기계 혹은 솜사탕 기계 등 다양한 마케팅 수단을 활용하여 좀 더 적극적인 홍보를 진행하도록 한다. 추가로 전단지는 간단한 홍보 물품 등을 함께 전달하는 것이 더 효율적이며 홍보 물품으로는 가정에서 어머님들이 자주 사용하시는 쓰레기봉투, 위생 팩 혹은 공부방 홍보스티커를 붙여놓은 영어 공책 등이 효과가 있었다.

설명회는 오픈 설명회를 시작으로 분기별 혹은 반기별에 한 번씩 교육에 관련된 설명회를 개최하여 학부모님들에게 관련 정보를 전달함과 동시에 아이들의 상담도 함께 진행하는 것을 추천한다. 설명회 내용으로는 최근 교육 트렌드 및 아이들의 행동 교정(사춘기, 아이들 심리 등)들 주로 학부모님들께서 공감할만한 내용을 바탕으로 설명회를 진행하길 당부하며 추가로 정기적인 설명회는 공부방 홍보에도 많은 도움이 될 수 있다.

비교적 여유로운 오전 시간 틈틈이 자신을 위한 공부와 더불어 교육에 관련된 여러 정보를 습득하기를 당부한다. 특히 자신을 위한 공부(심리, 마음 다스리기)는 정말 중요하다. 왜냐하면 사실 아이들과 학부모님들을 매일 상대하며 온전한 정신력을 유지하기란 정말 쉬운 일이 아니기 때문이다. 그럼 마지막으로 예전 설명회 발표 자료 중 일부를 첨부하며 설명회에 대한 글은 여기서 이만 마무리하도록 하겠다.

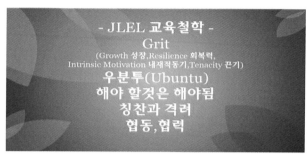

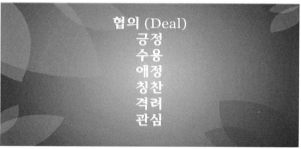

(학부모 설명회 자료)

체력관리

 공부방을 운영하며 가장 힘든 부분 중 하나는 바로 외로움과 체력이다. 특히 아이들의 인원수가 늘어나면서 생기는 피로감을 떨쳐낼 수 있는 체력관리는 기본 중의 기본이니 평소 오전 시간 가벼운 산책이나 조깅을 하며 기초 체력 증진에 힘쓰기를 당부한다. (특히 번 아웃에 주의하자) 공부방은 모든 것을 혼자 결정하고 해결해야 하는 특수성을 내포하고 있으며(모든 자영업자가 그러하듯) 이런 특수성으로 인해 많은 외로움을 느낄 수도 있다. 따라서 공부방 관련 커뮤니티를 활용하기를 당부한다. 그렇다면 외로이 싸우며 겪게 되는 우울감도 극복할 수 있을 것이며 혼자 해결해야 할 문제 상황도 여럿의 도움으로 훨씬 순조롭게 해결 될 수 있다는 것을 경험하게 될 것이다.

출결관리

아이들의 수업 시간 및 반 배정이 결정되면 선생님들은 출결 관리에 신경을 써야 한다. 왜냐하면 학교 스케줄 혹은 각자의 개인 사정들로 인해 정해진 날짜에 수업을 진행하지 못할 경우가 더러 생기기 때문이다. 선생님들은 정해진 날짜에 수업이 진행되지 않는 경우를 대비해 보강, 수업료 환급 등에 대한 규정을 만들어 사전에 학부모님들에게 관련 내용을 전달하여야 하며 아이들이 보강 날짜에도 수업을 참석하지 못할 경우 선생님들은 원칙에 따라 수업 일수를 진행하는 것이 필요하다. 왜냐하면 처음부터 원칙 없이 아이들의 이런저런 사정을 다 봐주게 되면 차후 선생님들은 아이들의 출결 상황으로 인해 곤란함을 겪을 수 있기 때문이다. 스마트폰의 다양한 학원 관리 앱(app)들을 활용하여 아이들의 그날그날 출결 상황을 확인하고 아이들의 등/하원을 실시간으로 학부모님들에게 전달하도록 하자.

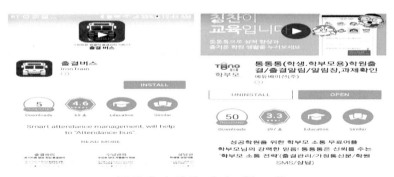

(공부방 / 학원 관리 앱(app))

　아이들이 처음 원에 들어와 공부하는 시기에는 학부모님들의 관심이 가장 많을 때이다. 때문에 이 시기에는 아이들의 공부 모습, 학습 진도 상황, 특이사항 등을 매주 여러 소통 도구(카카오톡, 문자, Band, 네이버 카페 등)들을 이용하여 학부모님들에게 전달하여야하겠다. 물론 아이들과 몇 시간을 씨름하느라 체력적인 부담이 느껴질 수도 있겠지만 아이들의 모습을 학부모님들에게 전달하는 것만으로도 선생님들과 학부모님들 간의 신뢰가 쌓일 수 있으며 결과적으로 오랫동안 아이들을 가르칠 수 있는 기틀이 마련된다.

　이런 활동들을 꾸준히 진행하면 사실 학부모님들과의 직접 방문 상담은 그리 필요하진 않겠지만 온라인과 오프라인 사이에는 분명한 차이가 있으니 분기별 설명회를 통해 학부모님들과의 정기적인 만남을 진행하길 당부한다. 추가로 분기별 설명회를 통한 상담 당일에는 간단한 다과를 준비하고 그동안 아이들이 원에서 진행한 여러 결과물을 한 번에 모아 학부모님들에게 전달하며 아이의 학습 결과에 대한 상담을 진행하도록 하자.

(네이버 Band, Cafe, Blog 등 온라인을 통한 각종 소통 도구들)

공부방은 교육 기관과 더불어 영리를 추구하는 사업체이다. 때문에 매달 매입, 매출에 관련된 자료(영수증)들을 모으고 정리하여 매년 진행하는 종합 소득세 세무 신고에 활용해야 하며 매년 진행되는 각종 세무 신고는 세무사에 위임하는 것을 추천한다. 그 이유는 세금 신고 이외에 해야 할 일들이 많기 때문이다. 수입, 지출에 대한 모든 항목은 매달 현금출납기록장에 기록해야 하며 자료 정리는 엑셀 혹은 위에서 언급한 출결 관리 프로그램을 이용하면 편리하다. (요즘 출결 관리 프로그램은 아이들의 출결 관리뿐만 아니라 학원의 매입, 매출에 대한 관리도 가능하다.)

현 금 출 납 부

넌	월	일	내	역	수	입	액	지	출	액	잔	액	비	고

(교습자용 현금출납부 서식)

이벤트

선물을 받는다는 것은 어른, 아이 할 것 없이 누구에게나 기쁜 일일 것이다. 따라서 거창하진 않더라도 분기마다 한 번씩 학부모님들과 아이들이 함께 참여할 수 있는 소소한 이벤트를 진행하고 그에 대한 선물을 준비하기를 당부한다.

(각종 이벤트 선물들)

아이들의 결실

공부방을 처음 시작할 때 아이들은 선생님이 이끄는 만큼 성장한다고 생각했다. 더불어 학부모님들에게 아이들의 학습 성과를 보여주기 위해 앞서가는 아이들에게는 칭찬보단 '조금 더'를 이야기했고 뒤처지는 아이들에게는 칭찬보다 잔소리를 더 많이 했다. 지금 생각하면 그 아이들에게 참 미안하단 생각이 든다. 공부방을 시작하기 전 읽었던 많은 교육 관련 서적에는 공통적으로 이런 이야기를 했다.

'아이는 아이마다 스스로 성장할 힘이 있다.'

왜 그때는 이 문장의 의미를 알지 못했을까? 아이들이 오랜 시간 영어를 배우기 위해 필요한 것은 영어를 배울 수 있는 환경과 더불어 그 안에서 자신이 담아야 할 것들을 자신의 눈과 귀를 통해 하나하나 경험하는 것이었다. 하지만 이런 과정들을 기다린다는 것은 요즘 시대에서는 사치라 생각된다. 왜냐하면 학부모님들은 이 시대가 많이 불안하기 때문이다. 하여 학교 일과가 끝난 아이들은 방과 후 많게는 2~3개 아니 교육열이 심한 곳은 하루 4~5개의 학원에 다니며 누군가의 불안감을 대신 해소해주고 있다. (맞벌이하시는 학부모님들은 어쩔 수 없는 선택이라는 것 또한 잘 알고 있다) 그럼 이런 아이들의 일과를 어른들의 일과로 바꾸어 이야기해보자. 학부모님들(아이들)은 아침 7시 늦잠으로 인해 아침 식사를 하는 둥 마는 둥 하며 부랴부랴 회사(학교)로 출근(등교)한다. 회사 출근 시간은 8시 50분까지이며 퇴근(하교) 시간은 오후 2시이다.

아침 9시부터 오후 2시까지 회사(학교)에서 맡은 일(수업)을 마친 학부모님들(아이들)은 회사(학교)의 일(공부)을 더 배우기 위해 학원을 간다. 다니는 학원 수는 3개(영어, 수학, 국어)이며 3시간 동안 온전히 선생님의 수업에 집중하며 공부를 시작한다. 어느덧 3시간의 학원 수업이 끝나고 학부모님들(아이들)은 집에 도착하여 저녁을 먹고 잠시 쉬려 했지만 어디선가 할머니, 할아버지의 잔소리가 시작된다.

"저녁 다 먹었으면 좀 쉬다가 회사일(숙제) 해야지."

학부모님들(아이들)은 즐겁게 숙제를 시작하고 숙제가 끝난 후 머리를 식힐 겸 스마트 폰 게임을 하려 했지만, 할머니, 할아버지께선 회사(학교), 학원에서 배운 것들을 열심히 배웠는지 확인하고자 이것저것 질문을 시작한다. 질문 시간이 끝난 후 학부모님들(아이들)은 다시 개인 일(게임)을 하려 했지만, 어느덧 잠자리에 들 시간이 되어 잠잘 준비를 하던 중 어디선가 갑자기 할머니, 할아버지의 목소리가 들려온다.

"책 읽고 자자."

학부모님들(아이들)은 잠자리에 들기 전 즐겁게 책을 읽고 책에 나오는 이야기를 꿈꾸며 이내 잠에 빠져든다. 그리고 다음 날 이 일과는 다시 반복된다. 비록 상상이지만 만약 어른들의 일과가 이와 같다면 반복되는 일과를 매일 즐겁게 보낼 수 있을까?

먼저 학교(회사)의 모든 수업(일)은 즐거웠을까?, 각각의 학원에서 진행되는 3시간의 수업(일)은 온전히 집중하였을까?

오후 일과를 마친 후 아이들(학부모님들)은 집에 도착하여 맛있게 저녁 식사를 한 뒤 학교, 학원 숙제(일)를 즐겁게 진행하였을까?

한 가지 다른 예를 들어보자. 대부분의 어른은 한 번쯤 주식을 해 본 적이 있을 것이다. 사실 나도 15년 전 주식을 처음 시작한 적이 있었으며 이를 통해 매달 용돈 정도의 수익을 벌었던 기억이 있다. 이와 관련하여 한 가지 경험을 이야기하자면 나는 처음 주식을 시작하며 6개월 동안은 스스로 정한 주식 매매의 원칙을 유지하며 안정된 수익을 창출하였다. 하지만 어느덧 욕심이라는 녀석이 나의 마음을 움직이기 시작했고, 나는 주식 정보 사이트의 정보를 이용하며 그동안 벌어왔던 수익금 전부를 사람들이 한참 관심 있어 하는 급등 주에 투자하기 시작했다. 과연 그 결과는 어떻게 되었을까? 모두 예상하시는 대로 그 주식은 상장폐지 되었다. 다행히도 피해 금액은 그리 크지 않아 문제가 되지는 않았지만, 나는 이 사건 이후로 한동안 주식을 멀리하게 되었다.

자 그럼 이 일을 아이들의 교육 투자에 비유해보자.
여러분들이 주식에 투자할 일이 생겼다. 하지만 주식에 투자하면서 한 가지 규칙이 있다. 그 규칙은 바로 주식 종목을 고를 순 없으며 대신 자신이 투자해야 할 종목에 대한 종목 분석은 가능하다. 그럼 이제 다음 할 일로 넘어가 여러분들은 자신의 종목을 투자하기 위한 투자예산을 설정해야 하며 예산이 정해지면 이제 자신의 종목을 주식시장에 투자하여 목표한 수익이 발생하길 기다려야 하며 일정 기간이 지나 수익이 발생하면 여러분들은 자신의 종목을 팔고 수익을 창출할 수 있다.

이제 여러분들이 투자한 종목들은 시간이 지남에 따라 아래 그림과 같이 등, 하락을 반복하며 서서히 움직임을 시작한다.

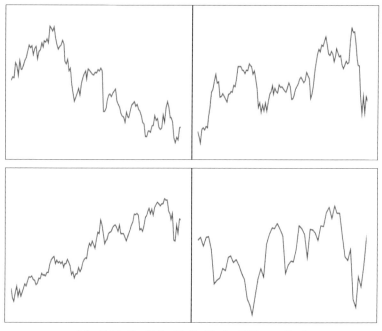

(각 종목에 대한 월별 주가 변화 그래프)

　주식에 투자한 모든 사람은 자신의 종목들이 단시간에 높은 수익률이 발생하기를 원하지만, 시간이 지남에 따라 각각의 종목들은 저마다의 그래프를 만들어 간다. 여러분들은 자신이 투자한 종목들이 만족할 만한 수익률을 달성하였을 경우 종목을 팔고 수익을 창출할 것인지 아니면 더 높은 수익이 발생할 때까지 기다릴 것인지를 결정해야 하며 반대로 수익률이 하락한 종목들은 수익이 발생될 때까지 더 기다릴 것인지 아니면 손해를 감수하고 종목을 팔 것인지를 결정해야 한다. 여기서 잠시 나름 주식시장에서 성공했다 말하는 사람들의 투자 원칙 몇 가지를 이야기해보자.

- 오랜 시간 주식에 투자하고자 한다면 급등 주, 종목 갈아타기는 되도록 신중히 선택하자.

- 성장주, 가치 주에 주목하고 하루하루 일희일비하지 말자.

- 종목을 투자하기 전 투자할 종목을 공부하는 것은 기본 중의 기본이며 투자를 함에 있어 단기, 장기 목표를 설정하도록 하자.

- 긴 안목으로 투자의 흐름을 읽어라.

아이들의 영어 교육을 이야기하면서 뜬금없는 주식 이야기에 조금은 당황하셨으리라 생각한다. 주식 이야기를 한 이유는 다음과 같다. 그럼 먼저 이 책에 기술된 주식 용어를 아래와 같이 바꾸어 생각해보자.

주식 시장 = 한국 교육 환경.
주식 종목 = 자신의 아이들.
수익률 = 학부모님들의 목표에 따른 아이들의 영어 실력 향상 결과물들.
수익률 그래프 = 아이들의 매일, 매달 영어 실력을 확인할 수 있는 연속된 결과물의 그래프.
급등 주 = 아이들의 영어 실력을 단기간에 올릴 수 있는 곳.
투자 기간 = 아이들의 영어 공부를 위한 투자 기간.
단기, 장기 목표 = 아이들이 영어를 배우는 기간에 따른 학부모님들의 목표들.

그러면 주식과 교육에 대한 상관관계를 하나하나 이야기하기 전 위에서 잠시 언급되었던 아이들의 2년간 분기별 Lexile 지수 변화 그래프를 다시 한 번 살펴보도록 하자.

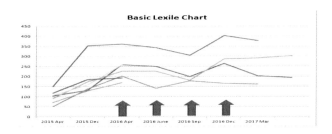

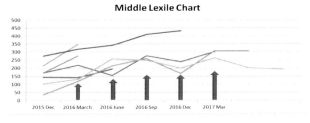

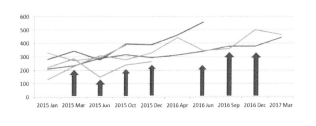

지난 2년간 아이들의 분기별 Lexile 지수 변화 그래프를 다시 한번 살펴보니 그동안 아이들과 함께했던 수많은 일이 내 머릿속을 주마등처럼 스쳐 간다. 그럼 주식과 아이들의 교육에 대한 상관관계를 하나하나 이야기해 보도록 하겠다.

1. 주식 종목

주식 시장에 종목들을 투자하면서 가장 중요한 것 중 하나는 바로 자신이 투자할 종목을 정확히 아는 것이다. 또한 주식 시장에서는 다양한 종목들을 선택하여 투자할 수 있지만, 교육이라는 시장에서는 내 아이들을 선택할 순 없다. 때문에 교육에 투자하기 전 내 아이의 성향을 파악하는 것이 가장 중요하다고 생각된다.

2. 수익률

대부분의 아이는 학교 정규수업을 마친 후 학원을 간다. 학원에서는 각각의 성과를 광고하며 아이들을 모집하고 있다. 하지만 상위 3% 아이들을 제외한 대부분의 아이는 학원에서 광고하는 성과(수익률)를 내지는 못한다. 그 이유는 과연 무엇일까?

3. 수익률 그래프

대부분의 학부모님은 자신의 아이들이 학원에서 제시한 목표(수익률)를 빨리 달성하기를 바란다. 하지만 그 성과(수익률)는 모두 제각각이며 그중에 몇몇 아이들만 높은 성과(수익률)를 내고 있다는 것은 과연 무엇을 의미하는 것일까? 학원의 교육이 잘못된 것일까? 아니면 내 아이가 남들보다 부족해서 그런 것일까? 남들이 잘해서 그런 것일까?

4. 급등 주

주식 시장에서는 단기간에 높은 수익을 올릴 수 있다 이야기하는 광고들이 흔하다. 때문에 몇몇 사람들은 이 광고 통해 자신의 돈을 투자하며 단시간에 높은 수익이 발생하기를 바란다. 하지만 내가 경험한 바로는……. 또한 몇몇 지인들의 이야기를 들은 바로는……. 물론 급등 주에 투자하여 높은 수익률을 낼 수도 있지만 반대로 큰 손실을 초래할 수도 있다는 것을 명심하기 바란다. 이 이야기는 즉 단기간에 아이들의 성적을 올려준다고 이야기하는 곳 또한 마찬가지라는 생각이 든다. 주식 투자로 인한 손실은 투자자 본인만 책임지면 그만이지만 교육 시장에서의 투자 손실은 투자자와 아이가 함께 책임을 져야 할 경우도 발생하기에 급등 주에 투자함에 앞서 더욱 신중함이 필요하다고 생각된다.

또한 아이는 주식 종목이 아닌 사람이다.

5. 투자 금액

국가(공교육)는 국민들의 세금으로 아이들의 영어 교육에 투자하고 있다. 하지만 학부모님들은 내 아이가 남들보다 영어를 좀 더 잘하기를 바라며 자신의 돈을 사교육에 투자하고 있기에 학부모님들은 그에 대한 투자 기간과 목표 수익률을 설정하고 그에 맞는 예산을 투자하기를 당부한다. 또한 투자에 있어 처음부터 높은 수익률을 목표로 한다면 그 기다림의 시간은 그리 편하지만은 않을 것이다. 이에 대한 나의 경험을 이야기하자면 예전 주식에 투자하면서 몇몇 주식 종목들은 투자 대비 수익률이 매우 저조했으며 처음 목표했던 수익률을 달성하기 위해 많은 기간이 소요된 적도 있었다. 물론 단기간에 높은 수익률을 달성한 종목들도 있었지만 그런 종목을 찾기 위해 먼저 선행되어야 할 것은 바로 주식 시장을 바라보는 넓은 안목과 더불어 자신이 투자할 종목을 먼저 공부하는 것이 우선이라 생각한다.

6. 투자 기간

영어 공부에 투자해야 할 기간은 과연 몇 년일까? (국가에서 아이들에게 투자하는 기간은 무려 10년이다) 그럼 아이들이 영어를 배움에 있어 학부모님들은 과연 몇 년을 사교육 시장에 투자해야 할 것인가? 또한 투자에 있어 아이들, 학부모님들께서 원하시는 목표는 과연 어디까지일까? 만약 좋은 대학 입학이 목표라면 어쩌면 각종 학원에서 제시하는 영어 교육이 답일 수도 있다. 하지만 기성세대들은 수능 시험을 위한 영어를 6년(중1 ~ 고3)간 배우고 중간 혹은 최종 목표를 이루었음에도 불구하고 왜 다시 영어 학원에 다니는 것일까? 그것도 이른 새벽 혹은 퇴근 후 늦은 저녁 시간에 말이다. (예전 회사에 다니던 내가 그래왔듯이) 또한 기성세대들은 지난 학창 시절 자신이 배워 왔던 영어의 과정들을 이미 경험하였음에도 불구하고 20년이 지난 지금의 아이들은 왜 이런 과정들을 답습하고 있을까? (물론 예전보다는 조금 상황은 나아졌다) 나는 이 질문에 대한 답을 고려대 교수학습개발원 리 켄트 교수님의 강연에서 찾을 수 있었다.

'한국인들이 대중적으로 사용하는 몇몇 영어 학습 방법들은 아주 비효율적이며, 영어에 대한 스트레스 환경은 아주 반 생산적이기에 영어 자체를 일종의 구속으로 여겨지게까지 만듭니다. 배움과 동기라는 심리학을 이해함으로써, 한국인들은 영어에 대한 짐을 벗어 던지게 될 것이며, 비로소 영어로부터 자유를 얻게 될 것입니다.' '배우려는 적절한 동기를 가진 사람들은 아주 똑똑하지 않더라도 언어를 잘 배웁니다.'

이 이야기에서 등장하는 비효율적이라는 말은 과연 무엇을 의미하는 것일까? 그것은 바로 영어를 모국어로 사용하는 외국에서조차 잘 쓰지 않는 어휘와 문장들을 한국에서는 그저 좋은 대학을 가기 위한 입시 수단으로만 사용하고 있었다는 것이다. 이와 관련하여 좀 더 자세한 내용을 알고 싶으시다면 고려대 교수학습개발원 리 켄트 교수님의 '영어로부터의 자유'라는 영상과 함께 '외국인들도 못 푸는 한국 수능 영어 문제'라는 제목의 유튜브(youtube) 영상을 참고하시길 당부한다. 추가로 질문에 대한 나름의 답을 명시하면서 이것저것 참고하라 이야기하는 이유는 내가 답이라 생각한 것들은 다른 사람들이 살아온 다양한 경험에 따라 답이 아닐 수도 있기 때문이며 이 말은 즉 결국 답은 스스로 찾아야 한다는 것이 나의 지론이다.

우리는 아이들에게 영어를 가르침에 있어 시험을 잘 보는 방법을 알려주기보단 아이들에게 영어를 공부해야 하는 이유를 알려주며 아이들이 스스로 공부할 수 있는 환경을 만들어 주었다. 또한 아이들은 이 환경을 통해 스스로 영어 원서를 보며 영어를 습득하고 자기 생각 주머니(전두엽 강화, 창의력, 상상력)를 넓히는 작업을 자발적으로 진행하고 있다. 하지만 지금 우리가 일하는 지역 학부모님들은 우리의 시스템을 참 불안해했다. 그도 그럴 것이 그 지역에서는 한 번도 본 적이 없는 시스템이기 때문이다. 이와 관련하여 한번은 한 학부모님께서 우리 원을 방문하여 아이가 전에 다녔던 학원의 교재들을 보여주며 전과 같은 방식의 교육을 해 줄 수 있냐는 요청을 하신 적이 있었다. 하여 나는 이 교재들을 살펴보며 학부모님에게 이런 이야기를 하였다.

"어머님이 보시기에 이 교재는 어떻다고 생각하시나요? 아이들이 이 교재를 재미있어할까요?"

어머님은 이제껏 아이가 공부했던 교재들을 살펴보며 이렇게 말씀하셨다.

"재미있지는 않겠지만 다들 하는 거니 아이도 당연히 해야 한다고 생각해요. 그리고 이제껏 배워왔던 것들도 아깝고 하니 이 교재로 수업을 이어갈 수 있을까요?"

나는 공룡 영어원서를 집중해서 보고 있는 아이를 보며 이렇게 이야기했다.

"이 아이의 교재는 지금 아이가 집중해서 보고 있는 저 공룡 영어 원서가 가장 좋은 교재인 것 같습니다."

이 일화와 관련하여 선생님들에게 한 가지 당부의 말씀을 드리자면 공부방은 아이들을 가르치는 교육 기관 이전에 영리를 추구해야 하는 개인적인 목표가 있다. 때문에 혹여라도 이런 경우가 있으면 선생님들께서는 현재 자신의 상황에 맞게 적절한 판단을 하시기를 당부한다.

나는 가끔 학부모님께서 가져오신 전 학원의 교재들을 볼 때마다 '학부모님들(나를 포함하여)은 참 불안한 마음을 가지고 있구나.'라는 생각이 든다. 더군다나 우리가 처음 공부방을 시작하던 6년 전보다 그 불안감의 강도가 점점 커지고 있음을 느끼는 것은 비단 나만의 생각일까? 사실 나 또한 초등 아이들을 키우는 학부모이기에 그 불안감의 근원이 무엇인지 잘 알고 있으며 개인적으로 내가 생각하는 불안감의 근본적인 이유는 바로 다음 세대가 삶을 살아감에 있어 좀 더 행복한 삶을 살아가길 바라는 마음에서 기인한 걱정은 아닌가 하는 생각이 든다. 하지만 이미 훌륭한 삶을 살고 계시는 대부분의 사람은 책과 영상을 이런 이야기를 하였다.

'아이는 아이 스스로 자랄 힘이 있다.'

이 이야기는 지난 20년간 아이들을 양육한 사람들이 이제 막 아이를 출산한 신혼부부에게 자신들의 경험담을 이야기해주는 것과 같은 것은 아닐까 하는 생각이 든다.

여기 미국 MicroSoft 사의 2018년 1개월, 6개월, 5년간의 주식 수익률 그래프가 있다.

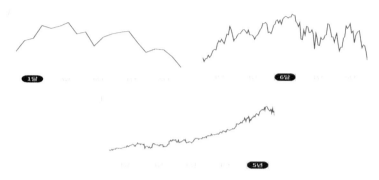

(2018년 MicroSoft사의 지난 1개월, 6개월, 5년간의 수익률 그래프)

각각의 주식 그래프가 이야기하듯 학부모님들은 초등 아이들이 10년간 영어를 배움에 있어 매달 아이들의 성적을 확인하며 불안한 삶을 살 것인지 아니면 5년 후 아이들의 성장을 기대하며 하루하루 행복한 삶을 살 것인지에 대해 선택을 해야 한다.

교육의 주체는 학부모님들이 아닌 바로 아이들이다. 어른들은 아이들이 영어라는 넓은 울타리 안에서 재미있게 공부할 수 있도록 다양한 환경을 준비해야 하며 아이들에게는 자신의 성향에 맞는 다양한 활동들을 선택할 수 있는 기회를 주어야 한다. 이와 관련하여 아이들의 성향을 공부하며 알게 된 내용을 이야기하도록 하겠다.

한 아이는 말하기를 좋아한다. 이 아이는 자기의 생각을 끊임없이 이야기하며 학습에 대한 스트레스를 해소한다. 이런 아이는 A(Activity) Type (행동형)일 가능성이 크며 A Type 아이들은 영어원서와 이외에 다양한 Input의 방법을 활용하여 자기 생각을 말과 행동으로 표현할 수 있도록 기회를 주는 것이 필요하다. 또한 책 읽기와 생각(사색)하기를 좋아하는 아이는 T(Thinking) Type (사고형)일 가능성이 크기 때문에 이런 아이에게는 말하기보단 책을 읽고 자신의 생각을 글과 그림으로 표현할 수 있도록 지도하는 것이 필요하다. 또한 E(Emotion) Type (감성형)의 아이들은 호기심이 많고 창의적이며 감성적인 아이일 가능성이 크기 때문에 다양한 책과 더불어 여러 가지 Input의 방법들(영어를 습득할 수 있는 다양한 도구들과 활동들)을 통해 아이가 다양한 지식을 습득할 수 있도록 해야 하며 이를 통해 현재 자신이 느끼는 다양한 감정들을 함께 나눌 수 있도록 도움을 주는 것이 필요하다. 참고로 E Type에 관련된 대표적인 인물로는 아인슈타인, 에디슨을 들 수 있다.

이처럼 아이들의 성향은 크게 3가지 Type으로 나눌 수 있으며 우리는 아이들이 지닌 성향을 파악하여 아이가 영어의 4가지 영역(듣기, 말하기, 쓰기, 읽기)을 배움에 있어 자신의 성향을 마음껏 발산할 수 있도록 도움을 주고 있으며 자신의 성향에 맞지 않는 활동들은 가랑비에 옷이 젖듯 아이의 그릇에 맞는 학습법을 진행하고 있다.

한국의 청소년 자살률은 세계 1위이다. 이 이야기는 즉 아이는 지금의 행복은 잠시 묻어 둔 체 후에 있을 행복을 위해 개인의 성향이 철저히 무시되는 교육을 10년간 받고 있다는 이야기이며 이런 교육 방식은 지난 30년 전 내가 받아왔던 교육과 별반 차이가 없다는 생각이 든다. 이와 관련하여 좀 더 자세한 내용을 알고 싶으시다면 현재 미국 교육의 현실을 비판한 '근대교육을 재판합니다.'라는 유튜브(youtube)영상을 참조하시길 당부한다.

아이는 무려 12년이라는 시간을 공부한다. 이 이야기는 즉 아이는 12년 동안 자신 혹은 제삼자가 목표한 것을 위해 계속적인 페이스를 유지해야 한다는 이야기이며 이 과정 중 아이가 달리기를 멈추었을 때 어른들은 아이의 멈춤을 탓하기보단 달리기를 멈춘 이유를 알아야 한다. 그리고 아이가 다시 달릴 수 있도록 마음을 보듬어주어야 한다. 현재 한국 청년들의 대표적인 트렌드는 바로 피로 사회, 과로 사회, 무민(無 mean) 사회이다. 더군다나 이들은 좋은 대학을 나왔음에도 불구하고 취업이 되지 않아 전전긍긍하고 있으며 요즘은 좋은 스펙과 학벌을 가진 청년들조차 공무원 시험을 준비하며 자신의 미래를 대비하고 있다고 한다. 이와 관련하여 내 개인적인 생각을 이야기하자면 지금의 중, 고등 아이들은 대학 시험을 준비하기보단 처음부터 공무원 시험을 준비하는 것이 더 현실적이지 않을까 하는 생각이 든다. 이렇듯 경쟁이 치열한 사회를 사는 초등 아이들에게 지금보다 더 경쟁하라고 부추기고 있는 사람은 과연 누구일까? 물론 경쟁은 필요하다. 하지만 그 경쟁의 시기는 아이가 후에 자신이 스스로 경쟁할 준비가 되었을 때 시작하는 것이 가장 적절하고 올바른 방법이라 생각한다. (물론 공정하지 않은 교육 방식에 대해서는 계속된 이야기를 통해 제도의 변화를 끌어내야 하는 것 또한 필요하다고 생각한다.)

국가는 큰 울타리이다. 그리고 교육 단체(학교, 학원 등)는 중간 울타리이며 가정은 가장 작은 울타리이다. 때문에 국가라는 울타리가 흔들리기 시작하면 교육 단체는 금이 가고 가정은 무너진다. 너무 큰 생각을 하고 있다고 생각할 수도 있겠지만 잘 생각해 보자. 학부모님들은 국가에서 진행하는 공교육을 믿지 못하고 자신들의 불안한 마음을 해소하기 위해 고사리 같은 아이들의 손을 이끌며 여러 평가 제도를 뽐내며 광고하는 학원을 향하고 있다. 그럼 학원에서 광고하는 이야기들은 정말 사실일까? 만약 그렇다면 그 학원에 다니는 아이들은 모두 같은 성적을 내야 하는 것이 맞겠지만 상위 10% 아이들을 제외한 나머지 아이들은 왜 같은 성적이 나오지 않는 것일까?

여기 한 문제를 함께 풀어보자.

※ 아이들이 학교 혹은 학원에 다님에 있어 모두 같은 성적이 나오지 않는 이유를 고르시오. (답이 없을 수 있음)

1. 학교, 학원 시스템의 부재.
2. 학교, 학원 시스템이 내 아이와 맞지 않아서.
3. 선생님의 능력 부족.
4. 학생이 공부하지 않기 때문에.
5. 내 아이가 공부 머리가 아니기 때문에. (재능이 없기 때문에)
6. 내 아이와 함께 공부하는 학생들의 실력이 좋지 않아서.
7. 국가 교육 시스템의 문제.
8. 지구는 둥글다.
9. 정답 없음.

이 문제에 대한 답은 문제를 낸 나조차 아직 정답을 찾지 못했기에 현재 이 책을 읽고 있는 독자분들에게 먼저 답을 찾을 기회를 드리고자 한다.

나는 개인적으로 핀란드 교육에 관심이 많다. 참고로 핀란드는 예전 우리나라와 지리적, 역사적 배경이 비슷했으며 불과 20~30년 전만 하더라도 지금 한국의 교육환경과 비슷했다고 한다. 하지만 지난 20년간 핀란드 교육의 개혁을 이끌어온 에르끼 아호(Erkki Aho) 전 교육 청장은 "경쟁은 경쟁을 낳아 결국 유치원생들까지 경쟁의 소용돌이 속에 말려들게 할 것이다.
학교는 좋은 시민이 되기 위한 교양을 쌓는 과정이고, 경쟁은 좋은 시민이 된 다음의 일이다."라는 논리로 국민들을 설득하며 경쟁이 아닌 협력의 교육을 위한 개혁을 추진했다.

무려 20년 동안 말이다.

물론 선의의 경쟁은 필요하다. 하지만 경쟁의 준비가 되지 않은 상태에서의 과도한 경쟁은 아이들에게 심각한 부작용(무기력, 키즈 번 아웃, 청소년 사회 문제 등)을 초래하며 초등 시절부터 시작되는 무리한 선행 학습으로 인해 우리 아이들은 심각한 무기력 증상을 겪고 있다. (각종 포털사이트를 통해 교육열이 높다는 지역의 아동 심리 상담센터의 숫자들을 확인해보길 당부한다.) 더군다나 요즘 쟁점이 되는 외국인조차 풀기 어렵다는 수능 영어 사태를 바라보며 초등 시절부터 시작되는 영어 학습은 과연 무엇을 얻기 위함일까 라는 생각이 든다.

표준화 시험을 창시한 Frederick J. Kelly (사지선다형 시험유형 발명자 / 수학능력시험(SAT)의 프로토타입(prototype) 개발자)는 이런 이야기를 했다.

"These tests are too crude to be used and should be abandoned."
(이 테스트들은 사용되기에 너무 부실해서 폐기되어야 한다)

또한 미국의 유명한 다큐멘터리 감독이자 베스트셀러 작가인 마이클 무어 감독은 영화 'Where to invade next Finland'를 통해 현재 미국 교육의 문제점들을 알리고자 다큐멘터리를 제작하였으며 이 과정에서 마이클 무어 감독은 핀란드 교육 관계자들로부터 미국의 표준화된 시험을 중단해야 한다는 이야기를 수십 차례 들었다고 한다. 또한 그들은 표준화 시험을 잘 치르는 법을 가르친다면 사실 아무것도 가르치지 않는 것이라는 이야기를 하였다. 교육 수준 세계 1위 핀란드는 왜 이런 이야기를 하였을까? 또한 마이클 무어 감독은 자신의 영화를 통해 무엇을 알리려 했을까?

20세기 천재라 불리는 알베르트 아인슈타인은 이런 이야기를 하였다.

"When all think alike, no one thinks very much."
(모두가 비슷한 생각을 한다는 것은, 아무도 생각하고 있지 않다는 것이다)

이와 관련하여 현재 한국의 교육에 대해 좀 더 자세히 알고 싶으시다면 전 메가 스터디 창립 멤버인 이 범 교육평론가의 유튜브(youtube) 강연과 더불어 현 메가 스터디 손주은 회장의 12월 27일 동아일보 인터뷰 기사를 참고하시기를 당부한다.

이제 본 주제인 아이들의 결실에 관해 이야기를 진행하도록 하겠다. 우리의 기본 커리큘럼 주체는 바로 다양한 영어원서들이다.

(3,000권의 영어 원서들과 Book Quiz들)

우리는 아이들이 영어 원서를 읽음에 있어 자신이 흥미 있어 하는 주제의 영어 원서를 자발적으로 선택할 수 있도록 하였으며 아이들은 책을 읽은 후 북 레포트, 북 퀴즈 중 하나를 선택하여 독후 활동을 진행하며 아이가 컨디션이 좋지 않은 날에는 기본적인 책 읽기만 진행하는 경우도 있다.

하루는 초등 3학년 남자아이가 영어원서를 읽으며 북 퀴즈를 풀던 중 나에게 이런 질문을 하였다.

"선생님 이 질문의 답은 2개인 것 같아요."

"그래? 그럼 같이 확인해볼까?"

책의 내용은 주인공이 친구들과 함께 야구 놀이를 하며 벌어지는 일들에 관한 내용이었으며 북 퀴즈의 질문은 다음과 같았다.

'타자는 투수가 던진 공을 치기 위해 무엇을 휘둘렀을까?'

답에 대한 예시로는 'Bat'과 'Arm'이 있었고 답은 바로 'Bat'였다. 하지만 곰곰이 생각해보니 'Arm'도 답이 될 수 있다고 생각되어 나는 아이의 답안지에 크게 동그라미를 그려 주었다. 아이의 의견에 대한 여러분들의 생각은 어떠한가? 나의 개인적인 생각으로는 아이는 영어 원서의 내용을 90% 이상 이해했으며 온통 영어 문장으로 구성된 북 퀴즈의 답을 풀기 위해 아이는 책의 내용을 여러 번 확인하고 문제를 이해하여 답을 푼 것으로 생각한다. 더불어 나는 해당 문제에 대한 자기 생각을 적극적으로 이야기하며 결국 자신의 생각이 맞다 는 것을 적극적으로 표현한 아이의 행동 자체가 결국은 정답이라 생각한다.

우리는 아이들이 영어 원서를 읽고 북 레포트를 작성하면서 모든 것들을 아이들이 스스로 할 수 있도록 환경을 조성하며 아이들은 자발적으로 책을 읽는 습득의 단계와 북 레포트를 쓰는 정리, 표출의 단계를 거쳐 책의 내용을 이해하고 자신들의 생각의 폭을 넓혀 나가고 있다. 또한 여기서 우리가 가장 많이 신경을 쓰는 부분 중 하나는 바로 아이들이 정성껏 쓴 북 레포트를 아이와 함께 확인하면서 북 레포트의 틀린 부분은 그 자리에서 바로 이야기하지 않고 아이가 스스로 인지할 수 있도록 적절한 방법들을 사용하고 있다는 것이며 우리가 이 방법을 사용하는 이유는 아이들의 자존감 향상(심리)과 더불어 인지능력(메타 인지)을 강화하기 위함이다. 요즘 한국 교육을 대변하는 드라마 Sky Castle에서는 이런 대사가 등장한다.

'심리가 위축되면 뇌세포 활동이 현저히 둔화합니다. 사고력, 응용력, 이해력, 창조력은 아이들이 자유스러운 분위기에서 발휘됩니다.'

이 이야기는 즉 아이의 뇌가 긍정적인 상태가 되었을 때 아이의 두뇌 효율성은 최고조를 이룬다는 이야기이다.

우리가 아이들에게 영어를 가르침에 있어 영어원서를 선택한 이유는 바로 아이들의 다양한 성향들을 모두 수용할 수 있는 최고의 교재는 바로 영어원서라 생각했기 때문이다. 하여 우리는 아이들이 영어를 배움에 있어 평소 자신이 흥미 있어 하는 내용의 책들을 바탕으로 영어를 습득할 수 있도록 시스템을 구성하였으며 아이들은 자신이 흥미 있어 하는 내용으로 영어를 배우기에 영어에 대한 부담감을 조금이나마 줄일 수 있게 되었다. 영어 원서는 책에 담긴 다양한 내용을 바탕으로 아이들의 흥미를 유도하며 동시에 수많은 Input과 Output 들을 끌어낼 수 있는 기능을 제공하며 아이들은 흥미 있는 내용을 통해 자신이 선택한 책을 끝까지 본다는 책임감과 더불어 인내심 또한 함께 기를 수 있는 일거양득의 역할을 하고 있다.

이밖에도 책을 읽는 행위는 아이들의 뇌 발달에 있어 중요한 역할을 하고 있다는 다양한 연구 결과들이 있으니 인터넷 검색과 더불어 직접 경험을 통해 책의 놀라운 선물들을 확인하시길 당부한다.

영어를 처음 접하는 초등 저학년 아이들에게는 그림이 많이 포함된 Picture Book을 권해주길 당부한다. 그 이유는 초등 저학년 아이들은 영어의 자음과 모음들을 글자로 인식하기보단 이미지로 인식하는 경향이 있기 때문이다. 때문에 자신의 눈을 통해 이미지로 저장된 글자들을 글자 자체로 인식할 수 있도록 Picture Book을 통해 도움을 주어야 하며 이런 과정들을 거친 아이들은 후에 영어 문자에 대한 가독성이 늘어나 Chapter book과 같이 영어 문장이 많이 포함된 원서들을 더욱더 편하게 볼 수 있다. 또한 아이들은 고사리 같은 손으로 북 레포트를 작성하면서 처음에는 영어 단어의 스펠링을 적는 것조차 힘들어하지만 조금씩 손가락의 힘이 늘어남에 따라 북 레포트의 빈칸을 채우는 횟수가 점점 늘어나며 여러 빈칸은 어느덧 영어 문장으로 발전되는 경험을 하게 될 것이다.

(월별 Best Book Report)

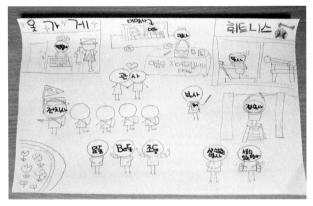

(초등 3학년 아이가 자발적으로 만든 스토리 영문법)

우리는 아이들의 영어 원서 읽기 레벨(Lexile 지수)을 분기마다 측정하여 학부모님들에게 그 결과를 전달하며 아이들의 영어 실력 향상을 측정할 수 있는 지표는 분기마다 진행되는 Lexile 지수가 전부라 생각해도 무방하다. 이 Lexile 지수는 등수가 없는 개별 테스트임에도 불구하고 아이들은 자신의 Lexile 지수가 조금이라도 떨어지면 이내 속상한 마음을 표현한다. 때문에 우리는 Lexile 지수 테스트는 자신에게 맞는 영어원서를 권해주기 위한 기준을 정하는 것뿐 그 이상 그 이하도 아니라는 것을 늘 이야기하며 아이들을 위로한다. 하지만 아이들은 하루, 하루 자신의 영어가 얼마나 성장했는지 확인하고 싶어 하며 다른 친구들을 비교 대상으로 자신의 영어 실력을 뽐내려 한다. 때문에 우리는 일 년에 한 번 Oxford 사에서 진행하는 Oxford Big Read 대회와 TOEFL 시험을 준비하여 아이들이 영어를 배움에 있어 각자 성취하고자 하는 바를 충족시켜주기 위해 매년 해당 시험에 참여하며 대회의 참가 여부는 전적으로 아이들의 의견을 따른다. 물론 그 과정에서 학부모님들의 입김이 작용하긴 하지만 그렇다고 아이들을 강제로 참여시키지는 않는다. 하지만 시험에 참여하지 않겠다고 이야기한 친구

들은 다른 아이들의 시험 참가 소식을 들은 후 이내 마음을 고쳐
먹고 자신도 시험에 참여하겠다는 의사를 밝힌다.

(Oxford Big Read, TOSEL, TOEFL 상장들)

TOEFL 시험은 세계적으로 가장 권위 있는 영어 시험으로써 호주, 캐나다, 영국, 미국 등 130개 이상의 국가에 있는 9,000개 이상의 단과 대학, 종합 대학, 교육 기관 등에서 인정받고 있는 시험이다. 우리는 처음에는 TOSEL 시험을 진행하였지만 2016년부터는 세계적으로 인정을 받는 TOEFL 시험을 진행하였다.

그 이유는 첫째, PELT와 TOSEL 시험은 국내에서만 인정되지만, TOEFL 시험은 국제적으로 인증되는 시험이며 국내는 물론 해외 북미지역 초, 중, 고등학교 정규입학시험에도 활용될 수 있기 때문이다. 둘째, 듣기의 경우 PELT, TOSEL 시험은 영어 문제의 지문을 두 번씩 반복하여 들려주기 때문에 상대적으로 문제를 풀기가 쉽지만, TOEFL 시험은 영어 문제의 자문을 한 번씩만 들려주고 한 지문에 많게는 4개까지 이어지는 문제들을 풀어야 하므로 난도가 상당히 높은 시험에 해당한다. 셋째, TOEFL의 경우 렉사일(Lexile) 지수도 함께 측정할 수 있어 아이들은 자신의 영어 독서 능력지수(Lexile 지수)를 더욱 정확하게 확인할 수 있다.

유난히도 더웠던 2017년 여름, 공부방 에어컨을 가장 낮은 온도로 설정하였음에도 불구하고 TOEFL 시험을 준비하는 교실은 매일 후끈후끈 달아올라 있었으며 우리 아이들은 2017년 TOEFL 시험에서 아래와 같은 성적을 거두었다.

TOEFL Step 1에서는 별 4개 만점 중에 별 4개를 맞은 학생이 두 학생, 별 3개를 맞은 학생이 두 학생이었으며 TOEFL Step 2에서는 배지 5개 만점에 4개를 받은 학생이 두 학생, 3개를 받은 학생이 한 학생이었다. 그뿐만이 아니다. 2016년 수능 시험 다음날 수능 영어 문제에 대한 트렌드를 확인하려 시험 문제를 풀던 중 몇몇 문제들은 아이들도 문제 풀이가 가능할 것 같아 우리는 다음날 초등 고학년 아이들에게 수능 영어시험 문제 풀이를 제안하였다. 다행히도 아이들은 시험 문제를 흔쾌히 풀어보겠다 이야기했고 우리는 아이들이 아직 초등 5~6학년임을 고려해 시험 지문에 등장하는 영어 단어의 뜻은 영어 사전을 사용하여 뜻을 찾을 수 있도록 하였다. 또한 아이들에게는 수능 영어 시험 한 문제당 5분씩 총 20분의 시간을 주며 총 4문제를 풀도록 하였는데 처음 문제는 아이들이 영어 사전을 사용하여 지문에 등장하는 영어 단어의 뜻을 찾았지만 두 번째 문제부터는 영어 사전을 사용하지 않고 문제를 풀기 시작했으며 시험을 시작한 지 채 15분도 되지 않아 문제를 다 풀었다고 이야기했다. 그래서 나는 아직 시간이 5분 정도 남았으니 문제를 다시 한번 살펴보라 이야기하였지만, 아이들은 결과를 빨리 보고 싶다고 이야기 하며 문제지를 제출하였다. 시험 문제를 채점 중 나는 아이들이 영어 사전을 사용하지 않고 문제를 푼 이유가 궁금해 그 이유를 물어보니 대답은 간단했다.

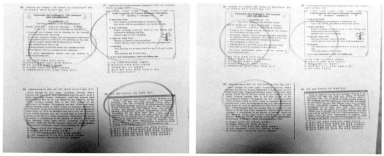

(2016년 수능 영어 문제)

'귀찮아서요.'

잠시 후 아이들의 시험 결과를 확인한 우리는 서로 놀란 얼굴을 바라보며 이런 실력이면 혹시 아이들이 수능 영어 듣기 평가도 풀 수 있지 않을까 하는 생각이 들어서 나는 아이들에게 수능 영어 듣기 평가 문제를 풀어보길 제안했다.

"오~~ 이 어려운 걸 이렇게나 잘 풀다니 그럼 수능 영어 듣기평가 문제도 한번 풀어볼래?"

아이들은 우리의 갑작스러운 제안에도 별다른 거부감 없이 이렇게 이야기했다.

"뭐 수능 문제도 풀었는데 듣기 평가 문제도 한번 풀어 볼게요."

(참고로 우리 아이들은 도전하는 것을 두려워하지 않는다) 우리는 아이들의 말에 바로 수능 영어 듣기 평가 시험을 준비했고 결과는 아래와 같았다.

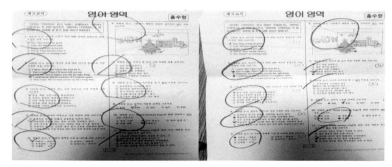

(2016년 수능 영어 듣기 문제)

"선생님 이제 좀 쉴래요. 간식 좀 주세요."

30여 분 남짓 수능 영어 듣기 평가 문제를 푼 아이들은 배가 고
프다며 간식을 달라고 이야기했다.

"그래 뽀로로같이 호기심 많은 선생님을 만나 너희들이 고생이 많
다. 오늘 내가 특별히 O.XX 라면을 끓여 줄게. 물론 김치와 밥도
포함해서 말이야."

시험이 끝난 후 우리는 아이들의 놀라운 결과들을 학부모님들에
게 전달하였으며 최근 지역을 옮긴 곳의 초등 4학년 아이들에게도
2018년 수능 영어 문제를 풀도록 권유한 적이 있었는데 아이들은
우리가 생각한 것 이상으로 훌륭하게 시험문제를 풀어내었다.

(2018년 수능 영어 시험 문제를 푸는 초등 4학년 아이들의 모습)

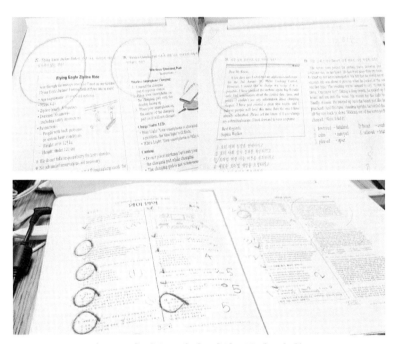

(2018년 수능 영어 시험, 듣기 평가)

이때 도전 정신이 뛰어난 초등 2학년 남자아이 한 명이 자신도 수능 영어 시험 문제를 풀어보고 싶다고 이야기 하여 나는 이 아이에게 2018년 수능 영어 시험 문제 중 18번 문제를 풀게 하였는데 아이는 신기하게도 문제의 정답과 맞추었으며 나는 혹시 이 아이가 정답을 찍은 것은 아닌가 하는 생각이 들어 어떻게 정답과 맞췄는지 그 이유를 물어보니 아이는 초등 2학년 수준의 한글 어휘력으로 정답과 맞춘 이유를 나름 논리적으로 설명하였으며 아이의 이야기를 들은 후 나는 이 아이가 자신의 힘으로 문제를 풀었다 생각했다.

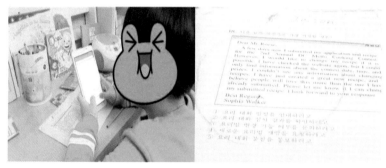

(초등 2학년 남자 아이의 2018년 수능 영어 문제 풀기)

한참 초등 고학년 아이들의 놀라운 실력에 감탄하고 있던 어느날 초등 3학년 아이들이 교실 책상에 놓여있던 중등반 배치 영어 모의고사 문제집을 보더니 자신들도 영어 문제를 풀어보고 싶다 이야기하여 나는 아이들에게 이렇게 이야기했다.

"이거 어려 울 텐데 괜찮겠어?"

하지만 아이들은 나의 걱정스러운 질문 따위는 아랑곳하지 않고 자신 있는 표정을 지으며 어서 문제를 달라 재촉하였고 우리는 아이들을 위해 부랴부랴 시험을 준비하였다. (참고로 우리는 아이들이 원하지 않는 이상 어떠한 학습 평가도 진행하지 않는다.)

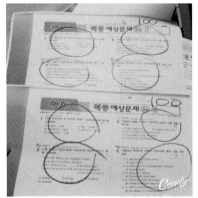

(초등 3학년 아이들의 중등 반배치 영어 모의고사 결과들)

초등 저학년 아이들에게 문제집을 건 내준 지 10여 분이 지나자 아이들은 자신들이 푼 문제지를 제출하며 이렇게 이야기했다.

"선생님 저희도 문제 다 풀었으니까 라면 끓여 주세요."

아이들이 배시시 웃으며 라면을 끓여 달라 아우성이다. 이후에 알게 된 사실이지만 초등 저학년 아이들이 갑자기 중등반 배치 영어 모의고사 문제를 푼다고 이야기했던 이유는 바로 초등 고학년 아이들이 수능 영어 문제를 풀고 간식으로 라면을 먹었다는 이야기를 들었기 때문이라고 했다.

"라면은 다 떨어지고 없는데 짜파게티는 어때?"
"앗싸! 앗싸! 짜파게티 좋아요."

이제 원에 들어온 지 2년 반~ 3년 남짓 된 초등 고학년 아이들은 외고를 목표로 열심히 공부하고 있으며 아이들은 오늘도 자신의 영어 실력을 확인하기 위해 지난 수능 영어 시험 문제, 외고

모의고사 문제를 달라고 이야기하며 매번 우리를 놀라게 하였으며 최근 한 친구는 중학교에 입학하며 미추홀 외국어 고등학교 영재반을 합격했다는 소식을 전했다.

(외국어 고등학교 영어 기출 문제)

(라면을 인질삼아 각종 영어 평가 시험지를 푼다고 이야기 하는 초등 고학년 아이들)

우리는 초등 저학년 아이들에게 영어를 배운다는 것은 재미있고 즐겁다는 것을 알려주기 위해 수업 전 아이들에게 재미있는 이야기나 간단한 놀이를 진행한다. (물론 매일 진행하는 것은 아니며 이에 대한 활동 시간은 5분으로 제한한다) 날씨가 좋은 날이면 나는 아이들과 함께 집 앞 놀이터에서 5분간 즐겁게 놀기, 아이들에게 간단한 마술 알려주기, 동내 근처를 어슬렁거리는 고양이를 잡기 위해 계획 세우기, 고양이를 잡기 위해 서로의 역할 정하기, 자신들이 직접 세운 계획들을 통한 고양이 잡기 놀이 등으로 수업 전 아이들의 뇌가 충분히 활성화되기 위한 다양한 활동들을 진행한다.

아이들에게 공부만 시키면 되지 쓸데없이 왜 이런 일을 하냐 이야기하시는 분들도 계시리라 생각되지만 내 생각은 조금 다르다. 초등 저학년(1~2학년) 아이들이 학습함에 있어 그에 대한 집중시간은 과연 얼마나 될까? 많은 교육 전문가들의 연구 결과에 의하면 초등 1~2학년 아이들의 학습 집중시간은 채 20분도 되지 않으며, 초등 3~5학년 아이들의 집중시간은 평소 아이들의 공부 습관에 따라 큰 차이를 보인다고 한다. 또한 초등 6학년부터는 평균 60분 정도 집중이 가능하다고 이야기 했다. 하지만 여기에 나의 경험을 이야기하자면 아이들의 집중 시간은 기본 공부 습관 및 성향에 따라 현저한 차이가 발생한다 생각된다. 때문에 초등 저학년 아이들은 영어를 공부하기 전 집중력 향상을 위해 재미있는 놀이(무엇이든 간에 아이들이 즐거워할 만한 것들)를 진행하는 것이 필요하다고 생각된다. 더불어 이 의견에 대해 좀 더 자세히 알고 싶으시다면 'EBS 다큐 프라임 공부 못하는 아이', 영재발굴단 노규식 박사의 '우리 아이 집중 시간 정상인가?'라는 유튜브(youtube) 동영상과 더불어 'EBS 다큐 프라임 Grit 훈련'에 대한 영상을 참고하시기를 당부한다.

'Grit 훈련 1: 긍정적 정서 유발과 초등학생 수학 성적의 향상.'
'Grit 훈련 2: 자율성이 주어지면 집중력과 성적이 모두 다 오른다.'

'Grit 훈련 3: 두 달간의 Grit 훈련이 가져오는 변화.'
'Grit 훈련 4 : 6개월간의 Grit 훈련의 효과 (마음 근력과 성적 향상.)'

만약 초등 저학년 Class 오픈을 계획 중인 선생님들이 계신다면 다양한 Activity 자료와 더불어 체력 증진에 힘쓰시길 당부한다.

(초등 저학년을 위한 Activity)

아이들은 영어를 배우는 것이 재미있다고 생각되면 그에 대한 놀라운 결과물들을 내놓기 시작한다. 하지만 초등 저학년을 교육하면서 무엇보다 먼저 선행되어야 할 것은 바로 아이들의 올바른 공부 습관 잡기이다. 때문에 우리는 초등 저학년 아이들의 바른 공부 습관을 위해 25가지의 상을 준비했으며 이것은 잔소리가 아닌 상이기에 아이들은 25가지 상의 이름에 맞게 스스로 생각하고 행동하며 점차 자신의 공부 습관을 잡아가기 시작했으며 나는 이런 아이들의 자발적인 행동을 바라보며 그동안 아이들은 칭찬에 목말라하고 있지는 않았냐는 생각이 들었다.

(정리 정돈의 달인 대상자의 정리정돈 습관)

(바른 자세 달인 대상자들의 독서 습관)

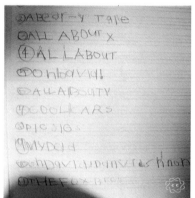
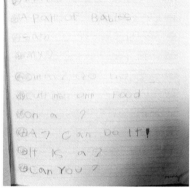

(초기 초등 저학년 아이들의 영어 필체)

(초등 저학년 아이들의 북 레포트)

아이들의 다양한 학습 결과물들을 보며 참 서투르리라 생각할 수도 있겠지만 아이들은 영어 배우기를 재미있어할수록 더욱더 기발하고 창의적인 결과물들을 보여주며 자신의 즐거움을 표현한다. 여기서 다시 한번 강조하고 싶은 것은 아이들의 창의력과 상상력, 생각하는 힘을 키울 힘의 원천은 바로 즐거운 책 읽기 활동을 통한 간접경험과 직접경험이다. 넬슨 만델라, 빌 게이츠, 워런 버핏, 스티브 잡스, 마크 저커버그 등 이미 훌륭한 업적을 이루신 분들은 서로 입을 맞춘 듯 독서의 중요성을 강조하고 있으며 처음 책을 접하는 아이들은 재미있는 책(영어원서)을 좋아한다. 때문에 재미있는 책을 읽는 아이들은 책의 내용이 재미없어질 때(지적 호기심을 충족할 때)까지 읽기와 듣기를 수십 번 반복하며 그 과정을 통해 스스로 영어 단어와 문장을 습득하고 음원에 담긴 외국 사람들의 말을 따라 하며 자신의 성향에 맞는(자신이 가장 자신 있어 하는 것) Output으로 자신을 표현하기 시작한다. 또한 이런 아이들에게 많은 칭찬과 격려를 더 한다면 아이들의 자존감은 더욱더 커질 것이며 이를 바탕으로 아이들은 자신의 성향에 맞지 않는 다른 것에 도전하려는 마음이 생길 것이다.

다시 한번 언급하지만, 세계 최고의 언어학자 스티븐 크라센 (Dr. Stephen Krashen) 교수님이 말씀하신 이야기가 있다.

"독서는 외국어를 배우는 최상의 방법이 아니다. 그것은 유일한 방법이다."
"자발적인 읽기는 유일한 언어 학습법이다."
"언어를 배우는 과정은 즐거워야 한다."

이 말은 정말 사실이며 진실이다.

모든 공부의 근간은 바로 책이다. 때문에 초등 아이들은 책(영어 원서)을 즐겁게 읽어야 하며 어른들은 아이가 스스로 책을 읽는 행동을 칭찬해 주어야 한다. 그래야만 아이들은 칭찬을 통해 책을 읽는 행위에 대한 내적 동기가 늘어나며 더욱더 많은 칭찬을 받기 위해 책을 읽는 행위를 계속하여 진행할 것이다. 하지만 아이가 책을 읽는 행위에 있어 좋지 않은 경험들을 계속하게 된다면 아이는 더는 책을 읽지 않을 것이다. 때문에 어른들은 아이들이 재미있게 책을 읽을 수 있는 독서 환경을 마련해주어야 하며 책 읽기를 싫어하는 아이들(책을 읽는 행위에 대해 좋지 않은 경험을 자주 접한 아이들)에게는 아이가 스스로 책을 읽을 때까지 마음 살피기와 더불어 아이를 믿고, 기다려주는 지혜가 필요하다고 생각한다.

우리는 아이들을 믿는다. 그런 아이들도 우리를 믿는다.

이 말인 즉은 어른들은 아이들을 믿고 지지해 주어야하며 아이들은 이러한 어른들을 믿으며 자란다는 이야기이다. (왜냐하면 아이들은 따라쟁이들이기 때문이다.) 어른들은 하루하루 성장하는 아이들의 모습을 보며 아낌없는 칭찬과 격려를 해 주기를 당부한다.

초등 영어 공부의 시작과 끝은 바로 아이들의 자발적인 행위에 대
한 칭찬과 격려 그리고 어른들의 믿음이다.

   첫 책을 출간 후 나는 참 부끄럽다는 생각이 들었다. 왜냐하면 후에 출간된 책을 직접 눈으로 확인하며 다시 한번 책의 내용을 살펴보니 (사실 더는 보고 싶지 않았지만…) 새벽 시간 틈나는 대로 글을 다듬고 정리하였음에도 불구하고 어디선가 불쑥 튀어나오는 수많은 오타와 어색한 문장들이 나의 마음을 아프게 했기 때문이다. (그땐 그저 난생처음 책을 출판한다는 기쁨에 사로잡혀 있었던 것 같다) 때문에 나는 출판사 홈페이지에 있는 책 판매 금지 버튼을 바라보며 버튼을 누를지 말지를 수십 번 고민하였지만 결국 그 뜻을 이루지는 못했다. 그러던 어느 날 책이 한 권, 한 권 팔리기 시작하며 출판사 월별 판매 1위, 네이버 베스트셀러, YES24 인문/일반 Top 100, 알라딘 창업 정보 Top 50등 등등 정말 말도 안 되는 일들이 벌어지기 시작했다. 또한 책에 대한 사람들의 평가가 하나하나 늘어날수록 나는 더욱더 부끄러운 생각이 들었다. 그럼에도 불구하고 나는 다시 글을 써야 했다. 왜냐하면 정말 부족한 나의 첫 책을 보고 몇몇 선생님들께서 우리가 일하는 곳을 직접 찾아와 현재 한국의 영어공부에 대한 자신들의 생각들을 공유하고 아이들에게 좀 더 재미있고 즐겁게 영어를 가르치려는 방법들을 찾기 위해 노력하는 모습들을 보며 나 또한 강한 자극을 받았기 때문이다. 더불어 내가 다시 글을 쓰는 두 번째 이유는 영어를 배우던 한 아이의 눈물과 그림 때문 이였다. 아이가 영어를 배운다는 것은 후에 자신의 꿈을 이루기 위해 영어를 배우는 것 임에도 불구하고 왜 그 아이는 눈물을 흘리며 영어를 배워야 했으며 또한 아이가 작성한 북 레포트의 끔찍한 그림을 통해 그동안 아이가 받아왔던 고통의 이유를 알았기 때문이다.

왜 이 아이는 그토록 힘들게 영어를 배워왔을까?
왜 이 아이의 부모님들은 아이가 영어를 배움에 있어 그토록 힘들어한다는 사실을 알지 못했을까?

　나는 이 질문에 대한 답을 이 책을 통해 명시하지는 않겠다. 그 이유는 이 질문에 대한 답은 이미 많은 사람이 알고 있으리라 생각되기 때문이다. 더불어 나는 이 책을 통해 단 한 명이라도 한 번쯤은 한국의 영어교육에 대해 다시 한번 생각하는 계기를 만들 수만 있다면 그것으로 나의 목적은 이루었다고 생각한다.
아이가 영어를 배움에 있어 100% 정답은 아직 존재하지 않는다. 하지만 나는 지난 6년간 아이들을 가르치며 그에 대한 답을 찾게 되었으며 그 답은 바로 지금 영어를 배우고 있는 아이들에게서 찾을 수 있었다. 지금도 시중에는 영어를 배우는 다양한 방법들이 쏟아져 나오고 있다. 이 말은 즉 아이가 영어를 배움에 있어 필요한 방법들과 그에 따른 도구들은 이미 다양하게 준비되었다는 이야기이다. 그렇다면 아이들은 영어를 배울 마음의 준비가 되어있을까? 또한 영어를 배움에 있어 아이들은 그것을 오랜 시간 받아들일 수 있는 Grit(Growth, Resilience, Intrinsic Motivation, Tenacity)이 함께 준비되고 있을까? 나는 지난 6년간 아이들을 통해 '너는 영어를 왜 배운다고 생각하니?'를 수십 번 질문하였으며 이 질문에 대한 아이들의 답변은 크게 4가지로 나뉘었다.

"몰라요."
"엄마가 배우래요."
"안 하면 혼나요."
"대학을 가야 해서요."

더불어 나는 '대학을 가야 해서요.'라는 대답을 한 아이에게 '대학에 가면 너에게 무엇이 좋을까?'라는 추가 질문을 하였고 이에 대한 아이의 답변은 아래와 같았다.

"몰라요."

나는 아이들에게 영어를 배워야 하는 이유(Motivation)를 하나하나 설명하며 영어를 배운다는 것은 결국 자신에게 좋은 것이 있다는 것을 아이들이 이해할 수 있는 수준으로 하나하나 차근차근 설명해 주고 있다. (현재까지 7년을 말이다) 아이가 영어를 배울 시간도 부족한데 왜 이런 질문을 하느냐고 이야기하는 분들이 분명히 계시리라 생각한다. 만약 그 이유가 궁금하시다면 지금 바로 자신의 아이들에게 영어를 배워야 하는 이유를 물어보시길 당부한다. 아이들이 오랜 시간(10년) 영어를 배움에 있어 영어를 배우는 이유를 아는 것과 모르는 것의 차이는 후에 더 큰 차이가 발생하리라 생각된다. 이 말은 즉 영어를 배우는 주체는 바로 아이들이며 아이는 영어를 배우는 이유(목적)를 알아야만 계속된 배움을 지속할 수 있는 **내적 동기**가 생기게 된다. 또한 아이들은 바닷가의 모래알처럼 다양한 성향을 가지고 있다. 때문에 선생님들, 학부모님들은 아이들의 성향을 잘 파악하여 아이들이 자신만의 성향에 맞는 영어 공부법을 찾을 수 있도록 도움을 주어야 한다. 이 이야기는 즉 아이들이 영어의 4가지 영역(듣기, 말하기, 쓰기, 읽기)을 배움에 있어 자신에게 맞는 부분과 맞지 않는 부분이 분명 존재하기에 우선은 아이가 잘하는 영역에 집중하고 부족한 부분은 칭찬과 격려 그리고 기다림을 통해 아이가 스스로 성장할 수 있도록 충분한 시간을 주는 것이 필요하다고 생각한다.

이에 대한 나의 경험을 이야기하자면 한 아이는 쓰기 영역보다는 습득된 지식을 바탕으로 자신만의 창의적인 생각을 말하기 좋아하는 친구(E-type)가 있었다. 때문에 나는 이 친구가 책을 읽으며 궁금한 점들을 폭탄처럼 질문할 때마다 항상 그에 대한 대비(하브루타 대화법)를 하고 있었으며 가끔 이 친구가 말하는 것을 들을 때마다 나는 혹시 이 아이는 천재가 아닐까 하는 생각마저 들었다. 더불어 아이는 이런 훌륭한 재능을 가졌음에도 불구하고 이 아이의 학부모님들은 아이가 쓰기 영역에 좀 더 집중하기를 원하셨다. 하지만 이 아이는 아직 한글을 잘 쓰지 못했으며 (손가락의 힘, 한글 필체, 맞춤법 등) 아이에게 쓰기 영역을 알려 줌에 있어 이 아이는 모든 아이가 가지고 있다는 청개구리 본능에 따라 자신이 가장 자신 있어 하는 말하기 영역에만 더 집중하였다. 그럼 이 아이에게 영어를 알려줌에 있어 과연 어떠한 방법이 이 아이에게 도움을 줄 수 있을까? 이제까지의 나의 경험으로는 먼저 아이가 잘하는 것에 집중할 수 있도록 도움을 주고 못 하는 것은 아이의 그릇에 맞게 조금씩 천천히 진행하는 것이 좋다고 생각한다. 물론 학부모님께서 원하시는 방향을 모르는 것은 아니지만 만약 아이가 쓰기 영역을 배움에 있어 계속된 스트레스에 노출된다면 이 아이는 과연 어떤 선택을 하게 될 것인가……. 더군다나 여기에 누군가의 욕심이 더해진다면 아이에게 교육하는 사람은 그 욕심을 아이에게 투영할 것이며 아직 욕심을 받아들일 마음의 준비가 되지 않은 아이는 자신의 마음이 준비될 때까지 그 마음을 거부하는 행위를 계속하게 될 것이다. (아이는 청개구리이다) 아이가 영어를 배우는 시간은 무려 10년이다.

선생님들, 학부모님들은 아이가 영어를 배울 때 자신이 잘하는 것에 계속 집중할 수 있도록 도움을 주어야 하며 후에 아이는 그 자신감을 바탕으로 자신이 자신 없어 하는 부분에 도전할 것이 분명하다.

가끔 드는 생각이지만 왜 학부모님들은 아이가 잘하는 것보단 못 하는 것에 집중할까? 아이는 자신이 잘하는 것을 통해 좀 더 칭찬받고 싶어 하는 마음을 잘 알고 있음에도 말이다. 혹시라도 후에 아이가 자라서 중학생이 되었을 때 지금 한글을 잘 못 쓰는 것처럼 영어 또한 잘 쓰지 못하게 될까 걱정되는 마음일까? 그렇다면 왜 한글은 걱정하지 않을까?

한 가지 다른 이야기를 해 보자.

 세계는 지금 제4차 산업 혁명의 시대가 시작되고 있으며 한국은 지금 급격한 인구 절벽과 더불어 아직 제4차 산업 혁명 시대를 맞이할 준비가 되어있지 않고 있다. 때문에 이제는 4차 산업 혁명 시대를 살아갈 아이들의 미래를 위한 교육이 시작되어야 한다 생각한다. 이 말은 즉 예전 3차 산업혁명 시대에 필요로 했던 인재(멀티 플레이어)보단 남들보다 특출 난 한 가지를 뛰어나게 잘하는 인재가 필요하다는 이야기이며 제4차 산업 혁명 시대에 필요한 인재는 바로 창의력, 상상력, 협동능력, 공감 능력이 뛰어난 창의융합형 인재라 할 수 있겠다.
 다시 한번 말하지만, 초등 저학년 아이들은 바닷가의 모래알처럼 다양한 성향을 가지고 있다. 때문에 이처럼 다양한 아이들의 성향을 모두 수용할 수 있는 가장 효율적인 도구는 바로 책이라 생각하며 이것은 지난 몇 세기를 거쳐 검증된 가장 확실한 방법이라 생각된다. 물론 요즘은 스마트 기기의 시스템을 통한 영어 학습이 대세라고들 이야기하지만 다시 한번 생각해 볼 것이 있다. 그것은 바로 IT 기기의 선두 주자인 Microsoft 설립자 빌 게이츠, 아이폰의 창시자 스티브 잡스, Facebook 설립자 마크 저커버그, 미국의 실리콘밸리 CEO들은 그들의 자녀를 교육하면서 첨단 기기를 통한 학습보단 어찌 보면 구식이라 생각할 수 있는 책을 통한 학습방법을 선호하고 있으며 이에 대해 빌 게이츠, 스티브 잡스는 이런 이야기를 하였다.

'사고하는 힘은 책과 대화에서 나온다는 믿음.'
'기술의 위험을 먼저 겪어 봤기 때문에.'
'창의성은 결국 아날로그에서 나온다는 믿음.'

　이처럼 제 4차 산업혁명 시대의 핵심 키워드 창의력, 상상력, 공감 능력, 인내심을 기르는 방법의 출발점은 바로 책을 읽는 행위라 생각한다. 이 사람들의 생각이 옛날 방식이라 생각되는가? 그렇다면 이런 사람들이 만든 스마트 기기를 사용하는 우리들은 이들에 비해 더 옛날 사람들일까? 아니면 더 미래의 사람들일까?

　페리 칼라스 하버드 의대 교수는 글을 쓰는 행위에 대해 이런 이야기를 하였다.

'부모들은 아이들이 어떻게 공부하든 별 관계가 없을 거로 생각하지만 사실은 그렇지 않다. 아동 성장을 연구하는 학자들에 따르면 우리의 뇌는 말 그대로 종이에 글씨를 쓰면서 자란다.'

　또한 카린 제임스 인디애나 대학교 교수는 이런 이야기를 하였다.

'손글씨가 습관이 되지 않은 아이에게 인쇄물과 태블릿으로 정보를 보여주고 뇌를 스캔한 결과 정보가 제대로 정리되지 않고 머릿속에서 뒤죽박죽돼 있었으며 심지어 단어들이 글자가 아니라 도형의 형태로 저장돼 있기도 했다.'

　이처럼 책을 읽고 글을 쓰는 행위는 가장 구식으로 보일 수 있는 학습법일지 모르지만, 사실은 그 행위가 아이들의 뇌 발달에 있어 훌륭한 역할을 한다는 것을 이미 많은 교육학자는 자신들의 연구 결과를 통해 이야기하고 있으며 우리는 그 연구에 대한 결과들을 지난 6년간 아이들을 통해 경험하게 되었다. 더불어 아이들에게 영어원서를 읽힘에 있어 가장 효율적인 방법의 하나는 바로 세계 최고의 언어학자 스티븐 크라센 (Dr. Stephen Krashen) 교수가 이야기한 내용이었다.

'독서는 외국어를 배우는 최상의 방법이 아니다. 그것은 유일한 방법이다.'
'자발적인 읽기는 유일한 언어 학습법이다.'
'언어를 배우는 과정은 즐거워야 한다.'

여기서 가장 중요한 핵심 키워드는 바로 즐거움, 자발적이다. 그렇기에 우리는 다양한 방법들을 활용하여 아이들이 항상 즐겁게 공부할 수 있도록 여러 방법을 사용하고 있으며 아이들은 우리의 공부방에 오는 것을 무척 좋아한다. 또한 아이들은 공부방의 정규 수업이 끝난 후에도 별도의 숙제 방(정규 수업이 끝나고 자유롭게 생활 할생활 할 수 있는 공간)에서 다음 학원 스케줄을 기다리며 원에서 정한 규칙에 따라 자신들이 좋아하는 다양한 영어 습득 법을 아이들과 함께 진행한다.

나는 초등 아이들이 영어를 배움에 가장 먼저 해야 할 일은 책에 등장하는 영어 단어와 문장을 외우는 것이 아니라 아이들이 자발적으로 자신이 흥미 있어 하는 내용의 영어 원서들을 보며 전 세계 각 나라의 작가들(어른들)이 아이들에게 이야기하고자 하는 바를 책의 글과 그림, 그리고 내용을 통해 스스럼없이 마음으로 받아들이며 영어를 습득하고 체득하는 것이 우선이라 생각한다. 아이들이 처음 한글을 배우기 전 다양한 한글책들을 읽으며 책이 이야기하고자 하는 바를 먼저 마음으로 받아들이는 것처럼 말이다.

처음 책을 출간한 지 벌써 1년하고도 3개월이라는 시간이 흘렀다. 그동안 우리에게는 정말 많은 일이 선물처럼 다가왔고 영어로 된 동화책을 만들고 싶다 이야기한 한 아이의 꿈을 이루어주기 위해 우리는 캐나다 밴쿠버에 있는 CWC(Creative Writing for Children Society) 단체를 방문하여 '내 아이 창의력을 키우는 영어 글쓰기' 책을 출간하신 박준 형 작가님과 더불어 현재 CWC 단체에서 활동하고 계시는 캐나다 작가님(Lee Edward Fodi, Kallie George)들을 만나 뵙고 그분들과 함께 영어를 배우는 다양한 방법들을 공유하며 이제껏 우리가 배워왔던 영어 학습과는 전혀 다른 새로운 시각의 영어 습득 법을 알게 되었다.

(Lee Edward Fodi, Kallie George 작가님의 책들)

한국의 영어 교육은 여전히 좋은 대학을 가기 위한 수단으로만 활용되고 있다. 더불어 요즘은 예전 주입식 교육 방식에 비해 많은 것들이 바뀌었다고 이야기 하지만 내가 보기에는 지난 30년 전 영어 교육 방식과 크게 다를 바 없다고 생각한다. 그 이유는 바로 한국 영어 교육의 목표는 결국 좋은 대학을 가기 위한 수단이기 때문이다. 이와 관련하여 한번은 한 학부모님에게 이런 이야기를 들었다. '요즘 초등 아이들은 적어도 중학교 2학년 때까지는 영어를 끝내야 해요.' 사실 이 어머님의 말씀은 맞다. 왜냐하면 요즘 교육 현실은 예전과는 다르게 더 치열해졌기 때문이다.

하지만 아이가 영어를 끝낸다는 기준은 과연 무엇일까? 초등 아이가 고 2 ~ 고 3 영어 문제를 능숙하게 풀고 영어로 자신의 생각을 유창하게 말하며 글을 쓰는 것을 이야기하는 것인가? 아니면 학원에서 정한 기준을 말하는 것인가? 그러면 학원의 기준이 모든 아이의 정답일까? 그렇다면 아이가 영어유치원을 졸업하고 각종 시스템이 갖추어진 학원에 다님에도 불구하고 학원 다니기를 멈추는 아이가 존재하는 이유는 과연 무엇일까?

영어를 공부하는 이유는 과연 무엇인가? 영어를 공부한다는 것은 결국 아이가 영어를 통해 자신의 삶을 행복하게 살아가는 것이 아닐까? 또한 초등 아이가 적어도 중학교 2학년 때까지 영어를 끝내야 한다는 말은 아이가 적어도 중학교 2학년 때까지는 힘들더라고 그 모든 것을 참고 견뎌야 한다는 이야기인가? 그럼 그 아이는 그 모든 것을 참고 견딜만한 마음의 준비가 되어 있는가? 그렇다면 교육열이 높다는 지역에 분포된 아동 심리센터의 숫자는 과연 무엇을 의미하는 것일까? 청소년 자살률 세계 1위는 과연 무엇을 의미하는 것일까? 그렇다면 이제껏 내가 보고 들은 것들은 과연 무엇일까?

나는 매운 음식을 잘 먹지 못한다. 그 이유는 내가 5살 때 우연히 식탁 위에 있는 청양고추를 먹고 일주일간 딸꾹질을 하며 고생 아닌 고생을 했기 때문이다. 그 때문에 나는 그날 이후로 매운 음식은 절대 먹으려 하지 않았으며 40년이 지난 지금도 되도록 매운 음식은 입에 대지 않으려 애를 쓰고 있다. 이 이야기는 즉 아이가 영어를 배움에 있어 그에 대한 좋은 기억이 있다면 아이는 배움에 대한 긍정적인 마음과 더불어 그에 대한 자발적인 행동을 계속 진행할 것이다. 하지만 만약 아이가 영어를 배움에 있어 좋지 않은 경험을 하게 된다면 아이는 영어에 대한 부정적인 생각과 더불어 비자발적인 행동(청개구리 행동)을 통해 영어 배우기를 강하게 거부할 것이다.

캐나다를 방문 후 우리는 아이들의 상상력과 창의력이 담긴 영어 책 한 권을 출간했다. 비록 많은 판매 수를 기록하지는 못했지만 그래도 아이들은 자신들의 책이 출간되었다는 것에 대해 큰 자부심을 느꼈고 자신의 다음 책을 출간하기 위해 전과는 다른 마음가짐으로 재미있는 영어 공부를 진행하고 있다.

(아이들의 상상력과 창의력이 담긴 영어 동화 책)

한국에서 영어를 배우는 시간은 10년이다. 처음 영어를 접하는 초등 저학년 아이들에게는 영어를 배운다는 것이 즐겁고 재미있다는 것을 알려주어야 하며 초등 고학년 아이들에게는 영어를 배움으로써 자신에게 좋은 것이 있다는 것을 계속적으로 알려주어 후에 아이들 스스로 영어를 배우는 이유와 그에 대한 즐거움을 깨달을 수 있도록 도움을 주어야 한다 생각한다. 여기에서 '도움을 주다.', '돕다.'라는 한글 단어의 사전적 의미는 바로 '남이 하는 일이 잘되도록 거들거나 힘을 보태다 .'이며 이 말은 즉 일하며 힘을 쓰는 주체는 바로 아이들이며 어른들은 아이들이 하는 일이 잘되도록 힘을 보태는 역할(Assistant)을 해야 한다는 것이다.

이 말을 거꾸로 이야기하자면 아이들이 영어를 공부하면서 어른들이 힘을 쓸 필요는 없다는 이야기이며 어른들은 그저 본래 아이들이 가진 자신의 힘을 쓸 수 있도록 그에 맞는 환경을 조성해 주면 그것으로 충분하다는 이야기이다. 그럼 뽀로로, 청개구리 같은 초등 아이들이 영어를 공부하면서 자신의 힘을 쓰게 하는 방법은 과연 무엇일까? 그것은 바로 아이들이 본래 지니고 있는 본성(자발성에 따른 즐거움)을 이용하는 방법이며 이것은 바로 아이들에게 더욱더 넓은 울타리를 제공함으로써 아이들이 그 울타리 안에서 즐겁고 자유롭게 뛰어놀 수 있는 환경을 제공해야 한다는 것이다. 단 여기서 필요한 것은 바로 아이들에게 규칙을 알려주는 것이며 아이들은 이 과정을 통해 사회를 살아감에 있어 필요한 규칙과 규범들을 스스로 깨달을 수 있도록 도움을 주는 것이 가장 중요하다고 생각된다.

흔히들 아이들 교육에는 답이 없다고 이야기한다. 그 말은 아이들은 저마다 다양한 성향을 가지고 있으며 그 성향을 가장 잘 아는 사람은 바로 아이들의 부모님들이다. 때문에 부모님들은 아이들이 영어를 즐겁고 재미있게 배울 수 있도록 도움을 주어야 하며 그것을 훌륭하게 해낼 수 있는 사람들은 바로 지금 아이를 돌보는 부모님들이라 생각된다.

　이제껏 우리가 아이들을 가르치며 얻는 정답 중 하나를 이야기하며 그간의 긴 글들을 마무리하도록 하겠다.

'아이가 답이다.'

- 아이들을 교육하며 많은 도움을 받았던 책들 -

- 실패는 나의 힘. (저자 : 김아영)
- 그래도 부모 (저자 : 권승호)
- 하워드의 선물 (저자 : 에릭 시노웨이, 메릴 미도우)
- I Gen (저자 : 진 트웬지)
- 내 아이 창의력을 키우는 영어 글쓰기 (저자 : 박준형)
- 평범한 아이를 공부의 신으로 만든 비법 (저자 : 이상화)
- 엄마 표 영어 17년 보고서 (저자 : 새벽달)
- 학교란 무엇인가 1,2(저자 : EBS [학교란 무엇인가] 제작팀
- 바라지 않아야 바라는 대로 큰다. (저자 : 신규진)
- 하버드 새벽 4시 반 (저자 : 웨이슈잉)
- 걱정하지 마라. (저자 : 글배우)
- Grit (저자 : 앤절라 더크워스)
- 믿는 만큼 자라는 아이들. (저자 : 박혜란)
- 중2병의 비밀 (저자 : 김현수)
- 신경 끄기의 기술 (저자 : 마크 맨슨)
- 인성 교육의 기적 (저자 : 래리 C 해리스)
- 게이츠가 게이츠에게 (저자 : 빌 게이츠 시니어)
- 습관의 힘 (저자 : 찰스 두히그)
- 초등영어 독서가 답이다. (저자 : 이상화)
- 핀란드 부모 혁명 (저자 : 박해원, 구해진)
- 다시 아이를 키운다면 (저자 : 박혜란)
- 추억은 강물처럼 (저자 : 정규현)
- 백년을 살아보니 (저자 : 김형석)
- 4차 산업혁명 시대 투자의 미래 (저자 : 김장섭)
- 말투 하나 바꿨을 뿐인데 (저자 : 나이토 요시히토)
- 살아, 눈부시게! (저자 : 김보통)